劍邪求愛

【洞房不寧之二】

文創風 985

莫顏 著

目錄

序文

望月峰上，雲霧繚繞，偶見仙鳥、仙獸穿梭其中。

望月峰的仙主段慕白，派出的眼線遍布三界，每日皆有蜘蛛精將各界消息送回他眼前，演給他看。

「嗯……有這種事？」

段慕白看著一群蜘蛛在地上演默劇，默劇的內容是他人完全看不懂的比手畫腳，以及只有他這個主人才能心領神會的手足舞蹈。

段慕白點頭。「知道了。」轉頭看向一旁的男人。「明白嗎？」

殷澤冷著八百年來不苟言笑的表情。「不明白。」

身為劍仙段慕白的契靈，劍邪殷澤毫不賞臉地吐嘈。

「長相一模一樣，分不清公母，只會動手動腳，誰懂他們在抽什麼風。」

段慕白言笑晏晏。「他們說，《仙夫太矯情》這本書，市場反應很好。」

「關本君何事？」

「原本無關，畢竟你只是配角，但是表現太好，因此他們希望你也能夠演一齣戲。」

殷澤臉色更沈。「本君不屑做矯情之事。」

段慕白對他勾肩搭背，討好地哄著。「無妨，做你自己就好，不必迎合大眾。」**大家看上的就是你這副死德行，果然跟本仙一樣有眼光。**

「沒興趣。」殷澤冷冷拒絕，油鹽不進，一副你奈我何的樣子。

「這樣啊……可惜了。」

段慕白一臉遺憾，不再勸他，轉頭喚來另一位契靈。

「劍仙大人。」肖妃收到傳喚，在屋中現身。

原本要離開的殷澤，腳步突然頓住，人也不走了，面無表情地站在一旁。

「肖妃，本仙有新任務給妳，妳可願意接？」

「劍仙大人有令，自當服從。」

不同於殷澤的欠扁，肖妃一向是識實務的。

段慕白就知道她很上道，點頭微笑。「《仙夫太矯情》一書中，妳的表現優異，市場對妳的呼聲很高，希望能看到妳在下一部書中當女主角。」

肖妃一聽，美眸如星光般亮了起來。

她這一生為了修行努力不懈，從一個他人不看好的小鞭靈，硬是爬到了兵器譜排名第十的蛇麟鞭，終於擠上了神兵利器的位置。

總算有人看見她的努力！她握拳。

「肖妃願意。」

段慕白含笑道：「既如此，妳回去好好閉關準備。」

「是。」肖妃福了福身，腳步輕盈地轉身離去，連看都沒看殷澤一眼。

等她走後，不待段慕白開口，殷澤忽然上前逼近。

兩人之間，鼻息咫尺。

段慕白挑了挑眉。「有事？」

殷澤不語，但一雙銳眸炯炯有神地盯著他。

「有話說？」

他還是死死盯著他。

段慕白也不急，好整以暇地與他四目相對，直到殷澤煞氣纏身，眼球充血，竟是瞪紅了眼，頗有入魔之勢。

段慕白終於嘆了口氣。「好好好，本仙明白，男主角也不做他人想，就是你了。」

殷澤一身煞氣終於收回，血紅的眼眸亦恢復如常的墨黑，連個謝字都不說，轉身就走。

段慕白失笑搖頭。

還說不矯情？剛才矯情得都要憋壞身子了。

他寫了一封回信，召來仙鳥。

「將此信送去凡間，不得有誤。」

仙鳥叼著信，撲騰翅膀，一日千里而去。

收到信的莫顏，展信一閱，發現這是一封賣身契——

高價出售靈寵殷澤之童子身，任君發揮，盡情開採。

主人段慕白親筆

第一章

闖禁地者，死！

石碑上刻著血淋淋的大字，四周盡是斷屍殘骨，空氣裡瀰漫著噁心的腐屍臭味，恍若地獄。

肖妃見到此景，反倒心中有了篤定。

墨飛肯定在此。

只要得到墨飛，他身懷的絕世武功秘笈便是她的了。

肖妃雄心壯志，一腳踏入石碑後的禁地，機關一觸即發。

箭雨疾飛，長矛四射，她身形柔軟，動作敏捷，輕巧避開暗器，一路毫髮無傷地闖入洞穴裡。

彷彿呼應她的侵入，周遭陰風四起，黑暗中一簇簇的鬼火亮起，那是敵人的眼珠子，成千上萬，將她圍困住。

「嘿嘿嘿，又一個來送死的。」

「她好香，看起來很好吃。」

「肉給你們，我要她的血。」

肖妃冷哼。誰讓誰死，還不一定呢！

她伸手一劃，一道火光劃破黑暗，燃燒地上的屍油，大火瞬間遊走四周，照亮整個山洞，也讓四周密密麻麻的敵人現出原形。

滿山洞的猴子，個個手中舉著斧頭。

肖妃見狀，驀地了然。

「我道是誰，原來是蠢斧幫。」

背後殺氣逼至，她旋身一躍，避過偷襲，只見原地被炸出一個大窟窿，揚起塵霧，消散後，肖妃終於看清偷襲她的人。

還是一隻猴子。

只不過這隻猴子更壯，氣勢更強，拿的斧頭也特別巨大，還是金色的。

「竟敢羞辱斧頭幫，找死！」

補充一句，聲音也很大。

肖妃上下打量他。「斧頭幫老大俞勇？」

俞勇單手將嵌入石地裡的千斤巨斧拔出，扛在肩上，往胸前一拍。「沒錯，正是老子，怕了吧！」

肖妃裝模作樣地對他福了福。「久仰大名，初次一見，果然名不虛傳，修了千百年，沒修成人身，卻修成了猴子，連人類和猴子都分不清楚，除了你們斧頭幫，真沒別人了。」

俞勇聽完她的話愣住了，驚疑地問：「猴子不就是人？」

肖妃笑得無害，說的話卻不留情。「猴子是畜牲，笨。」

俞勇猶如五雷轟頂，不敢置信。意思就是，他們花了萬年好不容易化形，結果到頭來是白費功夫一場。

人身難得，器物要修成人身，更是難得。

靈物要化形成人，是修行一大步，這一步錯，後頭便是步步錯。

俞勇和手下們懵了，趁他們還傻愣間，肖妃素手一翻，荊棘破地而出，瞬間捲住了猴子們，將他們一網打盡。

她來到俞勇面前，沈下了臉。「墨飛在哪？不說就殺了你。」

俞勇早沒了適才的氣勢，無精打采地抬起眼。

「妳要殺就殺吧，老子不想活了。」知道自己成了畜牲，他想殺死自己的心都有了。

開玩笑，她還要從他口中套出墨飛的下落，才不會讓他死。

見他一副生無可戀的模樣，肖妃便掏出一粒藥丹，迅速托住他的下巴，往他嘴裡丟去。

俞勇吞了藥丹，不一會兒，全身疼痛，有如火烤，五臟六腑彷彿被撕裂開來，令他目眥欲裂。

「老子都不想活了，妳逼老子吞毒藥也沒用！」

「放心，死不了。」

肖妃笑咪咪地看著他受折磨，待藥效差不多了，拿出一面鏡子給他照照。

「吶，算你運氣好，碰到我，自個兒瞧仔細。」

鏡中的俞勇，不再是尖嘴猴腮的模樣，而是儀表堂堂，身段修長，眉如劍，眼如星，活脫脫一個千年難得一遇的美男子。

俞勇和猴子手下們又驚呆了，肖妃笑得狡黠，晃了晃手中的白瓷藥瓶。

「這是化形丹，千金難買，萬金難求。」

妖市最珍貴的丹藥，除了青春不老丹，就是化形丹了，她不信俞勇不想要，瞧他瞪得眼珠子都快掉出來了。

「他奶奶的！別以為把老子變成醜陋的禽獸，老子就怕了妳！」

「……」

斧頭幫不但蠢，還美醜不分！

肖妃不跟蠢貨吵架，她將瓶子收好，不理會蠢斧頭的叫罵，她必須比別人更快找到墨飛的下落，沒工夫跟他折騰。

她朝四周上下打量，忽然開口。「墨飛，我知道你在這裡。」她掐了一個妖訣，荊棘藤蔓如靈蛇般蠕動，蔓延到整個山洞，探尋任何可疑的蛛絲馬跡。

「妖魔兩界都想得到你，你也看到了，斧頭幫即便人多勢眾，腦子卻不好使，靠他們保護，遲早出事，不如與我結契約，我願意負起保護你之責。」

原以為還要費一番功夫才能引誘墨飛出聲，沒想到她才說完，洞內再度陰風四起，嘶啞難聽的聲音傳來——

「就憑妳一人之力？大言不慚。」

聲音是從下方傳來的。

肖妃低頭，一隻老鼠正在對她說話。

墨飛是古物精靈，博學多聞，當然不可能修成一隻老鼠。

她瞇起眼。借物傳聲？

「是的，就憑我一人之力，便讓斧頭幫成了我的手下敗將。」

「妳是蛇精？」

聲音換成了上頭，一隻蜘蛛吊著絲線緩緩滑下，骨碌碌的黑眼睛，閃著幽幽的詭光。

「不是。」

「為何妳身上有蛇精的味道？妳到底是誰？」

肖妃自信地勾起嘴角，道出自己的真實身分。

「我名肖妃。」

她是鞭靈，真身乃是一條鞭子，不是她自誇，在妖魔兩界中，肖妃二字也算響噹噹，好歹她也是兵器譜上排名第十的蛇麟鞭。

三界裡四海八荒的兵器何其多，光是修煉成精的兵器就有六千三百萬支。

能夠化成人形的有一百萬支，這麼多兵器中能成為佼佼者，在廝殺之後入兵器譜百名之內的更是稀罕，更別說能夠擠進前十名的兵器了，那要經歷多少年的修煉，才能成為震撼三界的神兵利器。

成了精的兵器最想要什麼？武功蓋世。

墨飛手上有上古萬年前的武功秘笈，無論是妖魔鬼怪或神仙都想得到他，肖妃亦不例外。

她相信亮出身分後，肯定會得到墨飛的青睞，畢竟跟蠢斧幫相比，她的實力強太多了。

「本君拒絕。」

肖妃臉色微變。

「為何？」

「除了排名第一的劍邪殷澤，本君一概看不上。」

做人最討厭什麼？被比較。

肖妃出自皇家兵器庫，由頂級匠師所打造，以蛇皮為身，製作精美，專門給皇家貴女使用。

高貴的出身，讓她亦沾染了皇族高貴的氣息，幾經流轉千百年間，讓她初化人精時，便比其他兵器多了對人身的美感。

她腰是腰、臀是臀，五官精緻，身姿柔軟，是個活脫脫的大美人，但是光生得美還不夠，這是個以修為實力說話的世界，只有自己變強，別人才不敢隨意欺到你頭上。

兵器譜排名的公信力，就跟江湖英雄榜一樣重要，能進入一百名之內的兵器靈，都是在刀口上舔血走過來的。

這幾百年來，不管肖妃如何努力修煉，名次始終止步於第十，便再也升不上去了。為了跨越這道瓶頸，她需要墨飛手上的武功秘笈，但人家看不上她，不僅看不上，還拿殷澤跟她比。

這是能比的嗎？

兵器成精，靠的是沾染人氣，吸收日精月華。刀族和劍族之所以人多勢眾，就是因為世人打仗喜愛使刀弄劍，因此造就了刀劍成精的機會。

鞭子就沒這麼幸運了，萬年來，也只有她這一條成精的軟鞭，便再也沒有第二個鞭靈了。

墨飛拿她跟殷澤比，擺明了是要刁難她，這次讓他跑了，下回要抓他就更難了。

肖妃一路沈著臉，這時候不想死的，便聰明的知道不要來惹她，偏偏就有那些蠢物活得不耐煩，存心來找死。

她猛然停住腳步，一臉殺氣地回頭。「跟著我做什麼？」

那群蠢猴，自她離開禁地後，就一路鬼鬼祟祟地跟著她。

既然被發現了，俞勇便也不藏了，大剌剌地走出來。「妳害老子被墨飛解約了。」

肖妃若是他，就會躲回自己的窩裡面壁思過。差事丟了表示技不如人，技不如人就該知道羞愧，他們卻要找她報仇。

正好她一肚子火無處發洩，手癢得很。

「想打架？我奉陪。」

「老子不打架，老子要跟著妳。」

她怔住，擰眉。「什麼意思？」

「意思就是老子要跟妳歃血為盟拜天地！」

肖妃瞪他，無奈他眼睛瞪得比她更大，肖妃與他對峙良久後，猜疑道：「你的意思是說要跟我立血契吧？」

「沒錯！」

切！她還以為蠢斧頭要跟她結道侶拜天地呢。

俞勇見她一臉嫌棄，以為她不願，立即威脅她。「妳要是不答應，老子纏著妳百年千年，讓妳天天不得安寧！」

求人有這麼跩的嗎？打不過她還敢威脅她？蠢斧頭還沒有全族覆滅也真是老天無眼。

肖妃本想動手教訓他們，但隨即想到，斧頭幫雖蠢，但兵多勢廣，為數眾多，腦子雖然不好使，但容易拿捏，若換了個聰明狡猾的，她還得提防對方使詐呢。

收了他們，反正不吃虧，送上門來的，不要白不要。

想通這點，她立即同意，就在今日換血立誓。

斧頭幫又有主了，眾人欣喜，俞勇一揮手，大批的猴子不再藏頭露尾，全部跑出來排排站，聽著他們老大發號施令。

「從今天開始，老子跟肖妃拜天地了，以後她就是自己人！」

「是，老大！」

肖妃抖了抖嘴，本想糾正他是結血契，不是拜天地，但是見到斧頭幫眾猴對她行跪拜禮，儼然把她當成了半個主人，便把話吞回去了。

「行了，起來吧。」

「多謝肖妃大人！」

她不自覺直起腰，被人尊稱一聲「大人」，感覺還真不錯。

「肖妃大人，咱們現在去哪兒吃飯？」

肖妃頓住，看著俞勇咧著嘴，搓著手，一副恭敬請示的模樣。

「弟兄們餓了一個月，大夥兒先填飽肚子，才有力氣幹活，您說是不是？」

肖妃瞧著俞勇和猴子手下們，一雙雙晶亮期盼的眼睛盯著她，忽然就明白了。

敢情他們跟著她，是因窮得沒飯吃，又丟了差事，所以才要賴上她。

肖妃覺得自己上當了，不小心收了一批丐幫，懷疑墨飛那廝解除契約，肯定是因為養不起。

幸虧她多年來存了不少靈石，為了維護主人的面子，只好肉痛地賞了一些靈石給他們。

打發完這群要飯的，肖妃往山下走，俞勇自然是跟著她。

不到半天時間，肖妃又後悔了。

「妳得教教老子如何修成人模人樣。

「這化形丹能維持多久？妳還有多少化形丹？

「沒毛正常嗎？為什麼老子身上除了頭頂和下面有毛，其他地方都光禿禿的？

「一定要穿衣服嗎？老子光著身子不可以嗎？」

吵死了！

肖妃沈著臉，只聽說斧頭幫腦子蠢，沒聽說他們這麼聒噪，早知道蠢斧頭這麼吵，她就不跟俞勇立血誓了。

「喂！為什麼老子屁股的尾巴跑到前頭去了？還變短了？」

肖妃止步，回頭瞪他。

蠢斧頭正一手抓著雙腿間那話兒，一臉嫌麻煩地問她。

「那不是尾巴。」

「不是尾巴？那是什麼？」

「你居然不知道？」

「嘖！老子就是不知道才問妳啊！」

她突然笑得不懷好意，嗓音帶了點蠱惑。「你若嫌麻煩，就自己割了它。」

俞勇還真的認真考慮，抓著那尾巴，捏著捏著，突然捏出了點異樣的感覺，他覺得奇妙，又多捏了幾回，甚至還無師自通地上下揉搓，臉紅喘氣地自慰。

馬的！

肖妃直接送他一腳，正中胯下，聽到他殺豬般慘叫的聲音，果然讓她心情舒暢許多。

「想當人，先學第一堂課，什麼叫做男人的命根子。」丟下這話，她冷哼一聲走人。

俞勇花了半個時辰打滾兼口吐白沫，又花了半個時辰打坐運功，並且自此記住了這個痛。

長在屁股前頭的不叫尾巴，叫做命根子，可以讓男人上天堂，也可以讓男人下地獄，是拚死拚活也要護住的地方。

接下來的路上，俞勇很識相地離她十步距離。肖妃終於得到她要的耳根子清靜，對此十分滿意。

她要去的地方是萬北城，這裡是一座妖市，交易盛行，缺了什麼東西或想打聽什麼消息，到萬北城就對了。

在進入萬北城之前，肖妃瞥了俞勇一眼，見他雙目放光，一臉興奮，想問又不敢問，紅著臉憋著。

肖妃奇怪。「這麼高興？」

「沒來過。」

「為何？」

「窮。」

「……」

她真是多此一問，進入萬北城要繳一筆過路費，蠢斧幫因為蠢，所以在妖界混得不好，又那麼多人要養，窮是一定的，連進城費都繳不起。

看在他這一路上還算乖的分上，肖妃決定帶他進去。

「跟著我，別惹事。」她警告。

俞勇咧開一排白牙，露出笑容，討好地點頭。

肖妃不再理他，進城之前，她得先改頭換面。

萬北城是狼太子夜離的地盤，為了避開狼族的耳目，她換了一張臉。當俞勇瞧見她的模樣時，驚得下巴都要掉下來。

她變身成一個老太婆，滿臉皺紋，皮膚黝黑，鼻孔粗大，五官醜陋，身形佝僂，看起來足足有好幾百歲。

肖妃除了武功修為的深造，對於法術修為也是下過苦功的，所以對自己的化形術一直很有自信。

修成人身對俞勇來說已經很難了，更遑論能任意變換模樣。

他這震驚的表情，取悅了肖妃。

肖妃心中得意，好叫他知曉，能成為她肖妃的手下，是他幾千年修來的福氣。

俞勇激動握拳。「快告訴我，妳是如何化形成大猩猩的！」

肖妃冷下臉，她的回答便是直接抬腳，把這個人畜不分的蠢斧頭給踹飛。

這是一個以強恃弱、妖吃妖的世界。

肖妃生得很美，還是兵器譜前十名中唯一的美人兵器，在他人眼中，自是身價不凡。

狼太子夜離一直想將她這個器靈收為己用，而肖妃能夠避開勢力強大的狼族，便是靠這個化形術來隱藏真面目。

被踹飛後，俞勇很快爬了回來。他肩負著整個斧頭幫的未來，能屈能伸，因此區區幾腳是不會打敗他的意志力。

他屁顛屁顛地跟在肖妃身後。

他想問問肖妃關於化形術的事，才張嘴，便見肖妃一記眼刀子丟過來，他立即乖乖閉上，抓心撓肝地忍著。

有武力，有化形丹，會化形術，有靈石，還很大方……俞勇悄悄用力握拳，與她拜天地真是做得太對了。

待他修成人身，學會化形術，賺很多靈石，將幫派發揚光大，到時候誰還敢嘲笑他們是又窮又蠢的斧頭幫？

肖妃給了守門侍衛兩塊靈石後，便領著俞勇進入萬北城。

有目標就有希望，俞勇心情很好，一路上鞍前馬後，陪著笑臉，他那雙炯炯發亮的崇拜目光，熱切地表達了他的佩服，讓肖妃很是受用。

畢竟是新收的手下，得適時展現一下做主人的氣派。

「你若安分，有空教你。」

俞勇咧開了大大的笑容。「老子一定安分。」

肖妃看他總算順眼了點，也有心情提點他。

「妖市裡龍蛇雜處，聰明人都懂得低調，在任何地方、任何情況下，保存實力才是最重要的，所謂螳螂捕蟬、黃雀在後，明白嗎？」

「懂！咱們不吃螳螂，吃黃雀！」俞勇摸著咕嚕叫的肚子問她。「咱們吃烤鳥保存實力嗎？」邊說邊嘴饞地盯著一旁的路邊攤。

肖妃忍了又忍，壓下想揍他的慾望。對腦子不好使的人，就不該說這麼多廢話。

她嫌他肚子叫得煩了，買了隻烤雞丟給他。

俞勇兩三下就把烤雞吃得只剩下骨頭，一臉的滿足。雖然可以吸收靈石補充靈力，但還是食物最美味。

肖妃懶得跟他計較，往好處想，一隻烤雞就能打發這傢伙也挺省事的。

她這次來萬北城，主要是來打聽消息。

「快瞧，好俊的人呀！」

「瞧他的相貌和身段，肯定是哪一路高手。」

「我喜歡他哩！不知是哪家貴公子？」

路旁幾名女子竊竊私語，驚豔的目光直瞅著俞勇。

「那些人一直盯著我幹什麼？」俞勇湊近她，壓低聲音問。

肖妃耳力好，自然聽得到那些女人的竊竊私語，全是衝著俞勇的俊美在發花癡。是她疏忽了，吃了化形丹的俞勇，相貌俊偉逼人，自然會招來女人的注目。她只記得讓自己低調，卻忘了也讓他低調。

化形丹可以維持一個月，這時候也無法讓他變回猴子。

肖妃見他一臉戒備，眼神不善，一手還握著斧頭刀柄，一副隨時準備抄刀幹架的模樣。

嘖，連女人愛慕的眼神都看不懂。

肖妃鄙視他一下，然後擺出過來人的姿態。

「這就是為何我要改變模樣，不讓人注意到我，這就是低調，明白嗎？」

不明白。

俞勇若是能分得清，就不會修成猴子了，他只知道，眼睛直盯著人家，這是挑釁。

他跟緊肖妃，防著那些女人，殊不知自己挨近肖妃的舉動，看在那些女人眼中，就成了曖昧的親密。

「旁邊的醜老太婆是誰？該不會是他娘吧？」

「怎麼可能，肯定是哪個化形失敗的老妖怪。」

「她幹麼巴著傻公子呀，好討厭。」

「是不是她用了什麼方法控制傻公子，咱們要不要去救他？」

這些臭女人。肖妃危險的目光掃射過去。

俞勇好心提醒她。「她們在盯著妳呢，妳確定妳這樣子很低調？」

肖妃又丟了記眼刀子過來，俞勇猛然跳開一大步，下意識護著命根子，納悶地看著她，不明白自己說了什麼，讓她如此殺氣騰騰地瞪人？

肖妃突然點地，飄飛而去。

「咦？妳去哪？等等我呀！」

肖妃不理他，加快速度離去，俞勇大驚，火速狂追。

「妳休想甩開我！說好了生死相隨、不離不棄呀！」

放屁！兩人是立誓結盟，不是山盟海誓，連人話都不懂，她就不該帶這個蠢貨進萬北城，嫌看的人不夠多嗎？真該封住他的嘴！

肖妃的修為比俞勇高多了，足足甩他十條街，一下子便閃進了四方酒樓。

在萬北城，消息來源有兩種，一種是免錢的，另一種要用靈石買的，四方酒樓便是個免費打聽消息的好去處。

兵器譜的排名是否有變動？

狼族與虎族對幹後，雙方死了多少兵馬？

魔王又納了幾個妃子？

仙界的兵將是否又跑來妖魔兩界砸場子？

在人來人往的四方酒樓坐半個時辰，這些消息就能聽到不少。

肖妃喝完一壺酒，吃完一盤小菜，聽得差不多了，便起身走向掌櫃，丟了一顆上好的紫靈石給他。

掌櫃一看到紫靈石，立即知道這位是大戶，萬不能怠慢，遂將她領到二樓的包廂。

包廂的規格自然比樓下富麗堂皇，連奉上的水酒菜餚都提升了好幾個檔次，負責招待的夥計不是美人便是美男子。

「我要知道墨飛的蹤跡。」

方六郎親自為她斟滿一杯酒，瞇著一雙桃花眼。

「想找墨飛的人可多了，蛇麟鞭與斧頭幫一戰，就是為了抓他呢。」

肖妃心下暗驚，幾個時辰前才發生的事，四方酒樓就已經得到消息了？

她故意問：「墨飛被肖妃抓了？」

「沒，差一點呢，說起來那肖妃真不簡單，把守護墨飛的斧頭幫打得落花流水，不愧是排名第十的蛇麟鞭……」

聽著方六郎敘述自己如何神勇、如何厲害，肖妃暗喜，雖然這次沒有抓到墨飛，但藉著四方酒樓的宣傳，自己的光榮事蹟在兵器界又添一筆，有助於提升她的威望，也算不無小補。

翅膀撲騰之聲傳來，一隻烏鴉降落在窗口，方六郎走過去，不知烏鴉傳來什麼消息，讓方六郎「咦」了一聲，他走回來，嘆了口氣，忽然把紫靈石還給她。

「這是何意？」

「姑娘恐怕要失望了，咱們的探子回報，查不到墨飛的蹤跡。」

肖妃神情一沈。四方酒樓眼線遍布，幾乎沒有他們查不到的人，如果連他們都打聽不到，那別人也很難查到。

離開四方酒樓，這一趟無功而返，令她十分懊惱，也因此沒注意到自己已經被人盯上了。

這街上怎麼這麼安靜？

她抬起目光，在瞧見那人時，她也跟其他人一樣，屏住了呼吸。

那人一身黑袍，腰繫長劍，威壓四射，凜冽迫人。

殷澤，劍中之王，兵器譜排名第一的劍靈，竟然來到萬北城。

他幽暗銳利的目光，正盯著她的方向。

第二章

在妖界，無人敢惹殷澤，就算是統治妖界的妖君，對他也要忌憚三分。

他不是在看她吧？

一定不是。

肖妃對自己的化形術很有自信，即便是魔君和狼太子，也無法看破她的假象，才讓她得已逍遙自在了幾百年。

處在人群中，肖妃自認不顯眼，當殷澤朝這方向走來時，人群自動讓出一條路，她也隨著人群移動。

沈穩的腳步在她面前忽然止步，高大的影子投在她身上，咄咄逼人的目光同時落在她身上。

肖妃暗叫不好，她想逃時，已然太遲。

一步，不，是連半步都踏不出去，她就被對方輾壓在地。

「在本君面前還敢逃？」

多傲慢的口氣，多強大的武力，多麼羞辱的一腳，在眾目睽睽之下，踩著她的背，將她壓制在地。

她既憤怒又震驚，第一名跟第十名不該差這麼多，但事實告訴她，他們差了不止一個境界，她連他的一招都擋不住。

幸虧她換了模樣，未以真面目示人，否則一世英名，豈不毀於一旦？

「我當排名第十的蛇麟鞭很厲害，沒想到根本不怎麼樣嘛，真不明白那傢伙為何一定要抓妳？」

「……」

所以說，多舌的男人最討厭了，打贏就打贏，一定要這麼碎嘴嗎！

殷澤將她五花大綁，正打算拎起走人時，遠處傳來如雷的吼聲。

「放開她！」

人未到，聲先至。

這世上敢叫劍邪殷澤站住的人，都已經化為白骨了；這時候敢跟劍邪叫板的人，不是笨得不用腦子，就是不知天高地厚。

眾人不曉得，他們其實說出真相了，喊出這句話的人，正是蠢斧幫的老大俞勇。

肖妃聽到俞勇的聲音，心中一喜。

在眾人好奇的目光下，俞勇由遠而近，由上而下，一個重重落地，震起一陣風煙塵土，挾帶淩厲的氣勢，恍若天降神兵。

當他直起身子，塵煙散去，眾人看清他的面貌後，再度屏息。

巧奪天工的俊美，仙人似的儀表，絕代的風華，英雄的氣場。

若說殷澤俊酷得如天地敬畏的梟雄，這男人便是俊美得如謫仙下凡，驚豔了所有人的眼睛。

若論這世上有誰能與他媲美，恐怕只有劍仙段慕白了。

何方高人？這是眾人心中一致的疑問。

「她是我的女人，你不能搶走她！」俞勇聲如洪鐘，霸氣宣告。

一句話掀起千層浪，讓眾人倒抽了口氣。

「他這話什麼意思？」

「他的女人？是說他家的女人吧？」

「肯定是他娘，娘也是女人。」

「不對吧，那醜老太婆怎麼可能生得出這麼俊的兒子？」

眾人只聞蛇麟鞭的威名，卻甚少知曉她的真面目，如今見到如此醜陋的老太婆被這麼俊的男子宣告所有權，怎會不吃驚？

這戲劇性的發展，將眾人的情緒推到了最高點。

肖妃現在是完全看明白了，蠢斧頭不只人畜不分、美醜不辨，連個人話也不會說。正好，亂就亂吧，說不定她可以趁亂逃走。

殷澤好奇地打量對方。「你是何人？」

俞勇正要報上自己的名號，冷不防耳畔傳來肖妃的警告。

「敢說你就死定了！」

結契約的兩人，可以心耳傳言。

俞勇的話卡在喉頭，怔怔地瞪著肖妃，肖妃也在瞪他。

他要是報上名號，隔日四海八荒都會誤傳蛇麟鞭肖妃和蠢斧幫老大俞勇有姦情，幸虧給他吃了化形丹，無人認出他。

俞勇疑惑。說了就死定了？

他細細品味這句話，驀地恍然大悟。想不到她都自身難保了，卻還在擔心他的安危？

俞勇突然好感動，他握住拳頭，發誓一定要救她！

「等老子將你踩在地上，一定在你身上留名，你就知道老子是誰了！」

多麼狂傲的口氣。

殷澤一身殺氣，嘴角的邪笑帶著嗜血的味道。

肖妃現在只求這蠢斧頭能牽制殷澤，拖住一刻，甚至拖住幾息也好，她就能想辦法乘機逃走。

俞勇手一甩，一把千斤重的巨大兵器在手，冷淬的流光在刀鋒上閃爍，召告它嗜血的渴望，引得眾人讚嘆。

煞氣，好重的煞氣！

瀟灑！太瀟灑了！

但是……咦？那兵器怎麼有點眼熟呢？

眾人興奮的情緒被這波即將廝殺的打鬥推到最高峰，對這位憑空出現並且敢向劍邪挑戰的神秘英雄，賦予了高度的期待和關注。本以為接下來兩人之間會有一場激烈精彩的打鬥，卻在眾人尚未反應下，一切就結束了。

眾人意外，殷澤也很意外，腳下踩著這個跟他大聲叫板的傢伙，居然不用特地出招就解決了。

肖妃的臉都黑了。那滿山滿谷的猴子手下呢？你說你沒事逞什麼英雄？連我都打不過的蠢貨，哪來的底氣向劍邪單挑呢？

不用等到劍邪殺了她，她就先被這個蠢貨給氣死了！

肖妃有很多第一次。

第一次被人踩在地上，第一次被人五花大綁丟到地上，第一次在地上滾了一圈才停住，第一次離劍仙這麼近。

這些都是拜殷澤所賜，她記住了！

「說了多少次，對女人要溫柔點。」

「我只負責抓人。」

「她可是稀有的蛇麟鞭，千萬年來，就這麼一條鞭子修成精。」

「人交給你了，其他不關本君的事。」

「咦？你還抓個斧頭來做啥？」

「他是她的男人。」

他不是我的男人！

肖妃想拍桌罵人，無奈身上的縛妖繩困住她的法力，只能虛弱地趴著。這兩個男人光顧著說話，也不曉得先把她的繩子解開，這是待客之道嗎！

「怎麼把他的嘴封了？」

「這傢伙太吵，沒殺他已經不錯了。」

兩人一問一答，殷澤的聲音冷硬，她已記住，另一人聲音低啞悅耳，想必這位就是劍仙段慕白了，可惜她連抬頭的力氣都沒有，只能聽聲辨人。

劍仙段慕白是四海八荒最俊美的男子，她沒機會好好欣賞，就被丟到一處山洞裡。她和俞勇被丟進山洞後，便被各自分開了。

山洞裡設了結界，壓制力更大，化形術到了這裡便失效了，她恢復了原貌，不再是老婆子的模樣。

在石床上躺了一會兒，適應之後，她才起身打量所在之地。

這是一座洞府，裡頭有無數洞窟，每個洞窟都關著一隻妖，因此妖氣沖天。

肖妃打量四周後，望向隔壁洞窟的男子。他相貌斯文，氣質儒雅，看似書生，還能聞到淡淡的墨香。

書生男子一襲青袍，氣質清韻如竹，坐在案前執筆作畫，察覺到她的目光，便也看過來。

肖妃對他禮貌一揖。「請問閣下，此處是何地？」初來乍到，先打聽之後再做打算。

書生男子對她微微一笑。「此地是望月峰。」

肖妃臉色微變。望月峰是段慕白的地盤，當年妖王與魔王合作，率領百萬魔軍攻打仙界，都無法攻克望月峰的結界。

魔王曾經懸賞，誰能潛入望月峰，便賜予他將軍職位和十萬兵馬。由此可知，望月峰有多麼易守難攻。

仙魔不兩立，被仙人收伏的妖魔，不是被斬殺，就是被封印。

書生男子觀她臉色，似是知她所思，微笑安撫。「放心，咱們不是關在仙牢裡，而是望月峰的秘境，亦是器靈的養氣之所。」

肖妃疑惑。「養？」

「這處秘境，位在望月峰的地底深處。」

肖妃望向四周，這裡有男有女，有魔有妖，她的臉色更不好了。

「段慕白養著我們，是要慢慢吞食咱們的內丹來修煉嗎？」

吞食妖怪的內丹不但可以增強法力，還能在短期內功力大增，這種事在妖魔兩界時常發生，被仙界視為邪術，但是這並不表示仙界人全都是正派的。

有些仙人為了突破瓶頸，便會鋌而走險，將妖魔抓來吸食，偷偷修煉。

段慕白竟瞞著所有人，在望月峰底下養一群妖魔！

仙人自詡正派，用的法器也有正邪之分，仙人只用仙界的契靈，遇到妖物，不是封印就是消滅。

肖妃都要懷疑，這段慕白該不會是走火入魔，打算叛出仙界，藉由吸收妖丹修煉，打算去魔界稱霸了？

那殷澤就是個邪物，斬殺不計其數，所到之處，血流成河，當時妖魔都在傳，那殷澤幾近成魔，將取代魔君統治魔界。

當段慕白收伏殷澤，與之結契，留他內丹，不肯毀滅時，多少仙君、仙派抗議，甚至還打算聯合起來逼迫段慕白。

這段慕白也夠種，在望月峰設下結界，從此閉門不出，任其他仙君如何在外頭叫罵，他不理就是不理。

直到仙魔大戰，兩方戰爭膠著之際，段慕白突然出山，命令殷澤斬殺妖魔聯君，逼退敵軍，讓所有人瞧見，劍仙不但能收伏劍邪，還能讓他成為己方衝鋒大將，打贏戰爭，這才讓眾仙無話可說。

有了殷澤這個先例，段慕白在望月峰偷養妖物好像也很合理。

書生男子微笑道：「妳想多了，劍仙大人只是讓咱們在此修身養性罷了，若打算宰殺咱們，大家就不會這麼開心了。」

肖妃一愣，再度望向四周。

是了，她一進來就覺得怪異，這裡的所有人看起來都很愜意，不怒不躁，不少人還會彼此聊天，一點也沒有關在仙牢的焦躁憤怒。

「這處秘境位在靈石礦上頭，濃厚的靈力能滋養咱們，劍仙大人這麼做，是打算幫大家找合適的主人一起共修。」

說到共修就有氣。肖妃重重哼了一聲。「誰稀罕當奴？劍仙也未免太多管閒事！」

一個人自由自在多好，她躲了這麼多年，早晚勤於修煉，為的就是不受人使喚。

「劍仙大人是惜才，他說咱們都是有才之人，若能脫離妖魔兩界，將來亦可飛升仙界，修成正果。」

肖妃擰眉。「閣下被抓來多久了？居然相信這種鬼話？」

書生笑咪咪地說：「非也，小生是心甘情願，自願來此的。」

「……」搞了半天，原來是問錯人，問到一個被人用甜言蜜語哄進來的傻瓜。

不行，她得想辦法逃出去！

思及此，她順了順嗓子，決定也用甜言蜜語來籠絡眼前這個笨蛋。

「在下肖妃，還沒請教閣下大名？」

「好說，小生墨飛是也。」

「……」

她死死盯著對方，書生男子笑得一臉無害。

「你開玩笑吧？」

「如假包換。」

肖妃只覺得胸口氣血翻湧。

身懷武功秘笈，三界都想抓的古書精，她找了那麼久都抓不到，四方酒樓也查不到蹤跡的墨飛，原來跑到有結界作屏障的仙界來了。

「你竟然背叛妖界，投靠劍仙！」

「非也，本君投靠的是兵器譜排名第一的殷澤。」
「……」
「小生早說過了，除了殷澤，小生誰都瞧不上。」
「……」
「所以小生沒有背叛妖界。」
「……」
「殷澤大人在哪，小生就在哪。」
真是夠了！
肖妃終於恍然大悟，是她笨，是她沒看出來，人家挖了一個陷阱等她跳呢。
難怪殷澤可以找到她，難怪用化形術也躲不掉，原來是自己送上門自投羅網，因為洩漏她行跡的，正是墨飛。
在她找上墨飛，試圖說服對方時，人家已經通知殷澤來捉她了，並且一路盯著她到萬北城。
這是局中局，她被坑了。
想通一切後，肖妃心塞地坐回床上，不再理人。

墨飛見她臉色難看，好心安慰。「別擔心俞勇，他也沒事。」

她才不關心那個蠢貨！

肖妃躺下，翻身背對墨飛。她現在誰都不想理，只想好好地靜一靜，思考接下來該怎麼辦？

跟墨飛做鄰居，看得到卻得不到，已經很堵心了，卻沒想到還有更堵心的。

隔日，俞勇與她做了鄰居。

「妳沒事真是太好了！」

大嗓門俞勇一臉興奮，對她訴說自己這幾日來的心情，說自己多擔心她，說自己一直在打聽她。

肖妃臉都黑了，是誰把這個吵死人的蠢貨移到她隔壁的？

「是我。」右邊鄰居墨飛說，還對她露出一臉做了好事的微笑。「舉手之勞罷了，不必謝我。」

謝你個鬼！

這該死的封印，讓她想破牆去隔壁揍人都不行。

不過，俞勇畢竟與她立了血誓，如果她要逃走，也不能留下俞勇，否則俞勇有個閃失，她也會受到牽連。

為了顧全大局，她暫時壓下怒火，耐心地對俞勇解釋一下兩人的處境。

俞勇恍然大悟。「老子明白了。」

你明白就好。肖妃鬆了口氣。

「原來螳螂捕蟬、黃雀在後是這個意思啊！」

「……」

肖妃很想拍桌。明白這句話有個屁用？想辦法逃出去才是重點！

她努力釋出耐性。「所以……咱們得想辦法逃出去，不然遲早被鳥吃了。」

被鳥吃的意思你懂吧？懂吧？

「對了，給老子一顆化形丹吧，老子習慣了人身，現在全身都是毛，害老子癢癢的真不習慣。」他東抓抓、西撓撓，一入秘境，他也變回猴子了。

肖妃沈默地盯著他好一會兒，最後什麼都沒說，臥床，翻身，背對他。

「喂！怎麼走開了？老子跟妳說話呢。」

肖妃不再理他，但另一個人卻好心幫她回答。

「任何法力到了秘境都會無用，劍仙大人的封印可厲害呢。」

「原來如此。」俞勇打量對方，拱手招呼。「老子是斧頭幫俞勇，兄弟是？」

「小生墨飛。」

肖妃雖然背對兩人，但耳朵沒閒著，她等著俞勇見到前雇主後暴跳如雷。

「你是墨飛？」

「正是小生。」

「原來你長這樣啊？老子還以為你是老鼠或蜘蛛呢。」

「那只是避人耳目之法，為了自身安危，不便現身，先前多有得罪，還請俞兄莫怪。」

「哈哈哈，好說好說！是老子慚愧，對不起呀，沒保護好你。」

「無妨。」

「原來你也被抓來了？」

「不，小生是自願來的。」說著又把先前對肖妃說的話複述一遍。

沒有暴怒，也沒有針鋒相對，兩人竟似熟人相見，就這麼熱絡地聊了起來。

肖妃夾在兩人的洞窟之間，聽著他們一來一往的對話，很想揍人！

為什麼男人都這麼多話？她要換牢房！

望月峰的秘境的確是養氣的好地方，肖妃在此日夜吸收靈力，心想既然不能叫這兩個聒噪的男人閉嘴，她只好讓自己沈睡。

沈睡中的她不覺時光流逝，直到有一日，劍仙喚醒了她。

男人眼如皎月，面容俊逸，儘管看似溫柔，但那一身威壓卻讓人心驚，不敢造次。

劍仙設了一處結界，隔絕外界的聲音，只有彼此能聽到對方說話。

「妳可願意做我的契靈？」

肖妃驚訝。段慕白找她，竟是想與她結契約？

能成為劍仙的契靈，代表有機會與劍仙共修。

主人修為越高，契靈也跟著受惠，因此修成人形的器靈與其獨自修煉，往往更願意跟隨強大的主人。

「為何挑我？」

秘境洞府裡有不少修為不輸給她的妖物，甚至贏過她的也不少，她的名聲也只是在兵器譜的排名才夠看，若是放到大千世界和所有妖物相比，能在一百名之內就要偷笑了。

肖妃雖傲，卻也明白行走江湖該有的自知之明，她不求被人加油添醋的虛名，求的是貨真價實的實力。

她一直是個努力求上進的妖女。

段慕白打量她不驕不躁的神情，忽然勾起了笑。

「器靈要修成人須花上萬年，只因本性無心無情，難度更大。妳不但修成人身，難得的是有悟性，萬物皆有靈，但悟性卻比靈性更加難得。」

肖妃目光閃了下，說道：「仙君既知我有悟性，便該明白我不願與人為奴。」

段慕白點頭同意。「與人為奴確實很討厭，一個人自由自在，多好。」

肖妃聞言，面露期待。

「就是知道妳討厭受束縛，商量無用，所以才要用抓的呀。」

肖妃臉黑。這人是故意耍她嗎？

「跟妳商量件事。」

她沒好氣地道：「我有拒絕的餘地嗎？」

「只要妳為本仙做一件事，事成後，本仙可以放妳自由。」

肖妃睜大眼，直直盯著劍仙。「此話當真？」

「本仙一言九鼎。」

「要我辦什麼事？」

「保護一個女人。」

「誰？」

「她叫月寶，本仙的愛徒。」

原來是去當仙子的保鑣，肖妃抿了抿嘴，對這個任務沒興趣，但劍仙給的誘惑太大了，她願意賭，況且，也容不得她拒絕。

「我答應。」

她一應允，段慕白便劃指取血，朝她眉心一點。血符入體，肖妃放開靈竅，讓符印進入，包裹住她的內丹。

內丹是妖物的命根，亦是本魂。肖妃閉上眼，再睜開時，已處在寬闊無盡的空間裡。

一旦成為契靈，內丹就會與主人的靈竅相連。

肖妃不禁驚嘆，劍仙的靈竅無邊無盡，靈力源源不絕，她身在其中，感覺得到海闊天空，整個修為都提升了不少。

莫怪大夥兒趨之若鶩，都想找強大的主人來共修，因為修為越高，靈竅越廣，能容納的靈力就越充沛。

雖是被迫結契，但她不虧。

且令人安慰的是，她終於可以離開秘境，不用再聽那兩個多舌的鄰居每天聒噪。

劍仙段慕白成了她的主人，奉他之命，她必須保護月寶。

段慕白帶月寶來找她的那一天，她必須假裝與月寶滴血立誓，讓月寶以為收下她做契靈。

肖妃既然認了段慕白為主人，就不可能再成為他人的契靈，但月寶顯然被蒙在鼓裡，還很高興得到她。

令肖妃詫異的是，明明是蓮花精的月寶，命魂卻有魔族的氣息，再仔細一瞧，不得了，這身皮肉是仙女沒錯，但魂魄卻是魔族人。

段慕白竟然收了個女魔徒弟！

肖妃只覺得心驚肉跳。仙魔不兩立，這千百年來的共識與原則，到了段慕白這裡就成了個屁。

他降伏劍邪，偷養妖物，還覬覦魔族美色，別人視為大逆不道、毀天滅地的事，段慕白全幹了。

肖妃臉黑，這才明白自己上了賊船，知曉這麼大的秘密後，劍仙豈會再讓她離開？事後劍仙的解釋是這麼說的。

「讓妳心甘情願入夥，總比逼迫妳來得愉快，本仙也是為妳的心情著想。」

誰說妖魔狡詐？依她看，劍仙才是最道貌岸然的那一個。

她嘲笑其他人被劍仙的甜言蜜語哄騙，原來自己也一樣，人家說一句一言九鼎，她就相信了。

雖然不甘心，但一想到被騙的不只她，還有那個驕傲的殷澤，肖妃的心裡就平衡了。

第三章

假裝成為月寶的契靈後，肖妃越來越喜歡月寶。

一來，月寶的性子很對她的脾胃；二來，月寶視她如寶，完全以對待神兵利器一般的態度敬重她。

「不愧是兵器譜上排名第十的蛇麟鞭，高貴、霸氣、精細、敏銳，我從未見過像妳如此美麗的鞭靈，要修煉到妳這種境界，可不容易。」

這是第三點。月寶很識貨，這是肖妃喜歡她最重要的原因。

光憑以上三點，就算劍仙不逼她，她也願意日夜陪月寶修煉。

月寶本是魔族大將，魂魄養在蓮花精修成的體器，必須從頭開始修煉仙術，雖然她法力不高，卻使得一手好鞭，這讓肖妃十分驚喜。

兵器再好，也要遇對人，月寶就是她的伯樂，兩人一起練功，配合得天衣無縫，彷彿是天生的知己。

平日，肖妃會變成碎玉帶子，掛在月寶的腰上，盪呀盪的，跟著月寶在仙界探險，逗逗愚笨的仙獸。

在望月峰的日子很愜意，比肖妃想像的更好。

段慕白允許月寶自由出入望月峰的寶庫，這裡藏了不少仙笈，她跟著月寶一起進出，獲益良多，不像在妖界時，她是獨自修煉，不加入任何幫派，想要獲得法寶或更強的術法秘笈，只能完全靠自己。

來到仙界跟著月寶一起修煉，肖妃的修為迅速上升不少。

唯一美中不足的是，每日都會見到那個討人厭的殷澤。

身為段慕白的噬魔劍，殷澤令所有妖魔畏懼，但是肖妃可不怕他。

她不但不怕他，也不屑理他。

身在望月峰，兩人低頭不見抬頭見，但是殷澤從不用正眼瞧她。

而肖妃有皇家女子傲骨的性子，只要有殷澤在的地方，她絕對把視線轉開。

她無視他，就像他無視她一樣。

肖妃除了保護月寶，也必須把月寶的一舉一動向段慕白回報。

如果可以，她儘量不想靠近落霞居，但今日卻不得不去。

「劍仙大人，肖妃有事稟報。」
「進來。」
肖妃站在屋外沒動，只是沈著一張臉。
不一會兒，裡頭傳來段慕白的低笑。
「殷澤，把你的劍氣收一收。」
噬魔劍的氣場太強大，形成的威壓，讓她無法靠近。
肖妃冷著臉。她要找劍仙，卻還得看殷澤的臉色，哼！
待威壓收斂後，肖妃跨入落霞居，向段慕白稟報月寶的動向。
月寶身在仙界，心在魔界，一直存著溜回魔界的打算。
「她與陌青愁兩人，正秘密籌劃回魔族一事。」
陌青愁是月寶在魔界的師姊，亦曾是魔君麾下大將，肖妃知道此事嚴重，必須上報。
段慕白聽完，不驚不怒，只是笑了笑。
「她若溜回魔界，妳便護著她，將她的仙氣隱藏起來。」
段慕白居然不在乎月寶潛逃回魔界？

「是。」得了劍仙命令，她目不斜視地離開落霞居，而在她轉身時，一道精芒目送她的背影離去。

「你何時收伏她的？」

原本在作畫的段慕白手上的筆頓住，抬頭看他。「誰？」

「那個叫肖妃的女人。」

段慕白挑了挑眉。「你不記得她？」

殷澤冷道：「我當然記得，她是你從秘境挑出來，賜給月寶的鞭靈。」

段慕白看著他，突然懂了。

一年前，他派殷澤去萬北城抓肖妃，帶回來的是一個又醜又老的婆子，也馬上就丟到秘境去了，若他不提，段慕白還不會想到，殷澤壓根兒沒見過肖妃的真面目。

不過奇了，這廝向來眼高於頂，從不把其他契靈放在眼裡，今日卻突然主動問起。有戲。

段慕白也不跟他解釋，故意說：「她呀，是我一年前出山時，不小心抓回來的。」

殷澤擰眉想了想。「我怎麼沒印象？」

你對老太婆當然沒印象，當時還粗魯對待人家呢。

段慕白故作認真思考。「我記得當時……」

之後就是一陣沈默，遲遲沒有下文。

殷澤等得不耐煩。「當時如何？」

段慕白卻是拿起筆，繼續作畫。「忘了，想知道，何不自己去問她？」

他沒事去問她啥？更何況，那女人從沒正眼看過他。

殷澤轉身便走，從段慕白這裡問不到，他不會去問別人嗎？於是殷澤去了秘境洞府，抓了個傢伙來問。

「猴子，聽他們說，你跟肖妃是一夥的？」

俞勇氣得跳腳。「老子不是猴子！」

猴子居然說自己不是猴子，睜眼說瞎話，欠扁。

殷澤一腳將他踩在地上。「回答本君的話，其他廢話少說。」

「肖妃在哪？把她還給老子！」

「你跟她什麼關係？」

「老子是她的人。」

「奴隸？」

「老子才不是她的奴隸！老子是她的男人！」

殷澤沈下臉。「就憑你？」她居然找了隻公猴當道侶？

「老子現在打不過你，不代表以後打不過你，有種就等著！如果你現在殺了老子，就表示你不敢等，因為你怕老子將來厲害了，怕也把你踩在腳下，所以趁老子被關在這裡，先對付老子，你這叫做趁人之危——唔唔唔——」

殷澤施了個封嘴術。這隻猴子除了找死，還很吵，記得以前抓了個傢伙也很吵，簡直有得比。

「殷澤大人。」

殷澤轉頭，看向隔壁洞窟，那裡站著一位斯文書生，正微笑地看著他。

殷澤上下打量他。「你是？」

「小生墨飛。」

殷澤面無表情地看他，墨飛便又補了一句。「小生是古書精，人稱黃金屋、顏如玉的墨飛。」

殷澤冷聲問：「何事？」

墨飛心中讚嘆，不愧是天下第一劍，別人聽到自己的名號，不是眼睛發光，激動貪婪，就是賄賂討好，極盡諂媚之能事，唯有殷澤不同，依然面不改色，果然境界就是不一樣。

其實這誤會大了，他不知殷澤生性孤僻冷傲，眼中只有殺伐，從來不在乎他人姓啥名誰，所以忘性大，自然也不記得墨飛是哪根蔥。

殷澤不耐煩地道：「說正事，少廢話。」

墨飛對他的冷漠不以為意，反倒一臉嚮往傾慕。「大人想知道肖妃之事，小生願意稟告。」

殷澤瞇細了眼。「你跟她很熟？」

墨飛神采奕奕，露出自信的微笑。「小生熟知肖妃任何事。」

「說。」

墨飛知無不言，言無不盡，開始細述肖妃平生。

不是他自誇，身為古書精，他一目十行，過目不忘，上知天文，下知地理，縱觀古今歷史，學識包羅萬象，這世間絕對找不到比他更有學識的人。

他身懷武功秘笈，遍尋天下有緣人，這世間能讓他看上眼的，唯有劍邪殷澤。

不過墨飛犯了所有文人皆有的毛病，就是飽讀詩書後總愛長篇大論，卻忘了說出最重要的一點。

肖妃是殷澤親手抓來的。

這也不怪他，他哪裡知曉，親自出馬抓捕的當事者，不知道老太婆和美人是同一位。

殷澤向來不耐煩聽人長篇大論，卻聽到一個重點。

「這猴子不是她的男人？」

「他是斧頭幫老大俞勇，與肖妃滴血結契，是她的手下，只因文采差，說話常常辭不達意。」

殷澤眉頭微不可察地舒展。

原來是蠢斧幫，他明白了。

得到了滿意的答案，他把俞勇丟下，人就走了。

俞勇跳起來，氣呼呼地指著墨飛大罵。「你是長舌公！老子不跟你好了！」

「……」墨飛一貫帶笑的臉上，嘴角抖了抖。

嘖！文采真差，需要好好調教調教。

殷澤離開秘境，回到上頭。

他的靈識範圍極廣，隨意一搜，便知道肖妃在哪兒，一雙目光肆無忌憚地打量那個女人。

樹枝上，肖妃正慵懶地趴在上頭，身段婀娜多姿，一頭長髮如瀑垂下，隨風飄搖。

原本愜意的她忽然頓住，眉頭擰出不悅。

又來了！

那道討厭的目光又在她身上梭巡，不知為何，近來那道靈識一直圍著她打量，被人監視卻又躲開不得，真令人煩躁。

肖妃實力不夠，無法擋住殷澤的靈識，只得假裝不在意。

兵器化形為人，多是男人，少有化形成女人的，只因持刀劍上戰場的普遍是男人，女將少之又少。

長年累月下，兵器吸收了主人的氣，便容易形成那個人的樣子，所以兵器靈中，女人十分稀有。

殷澤的靈識在肖妃身上打量。

大部分的兵器修成人後，也帶有兵器的特性，殺氣深重，粗獷野蠻。

但肖妃不一樣，她身段柔美，一點也不像兵器靈，反倒像個狐族美人，卻沒有狐族美人的嬌氣。

她會對其他人笑，唯獨在他面前總是不苟言笑，也從不正眼瞧他。他知道她對自己有著明顯的疏離，自然也不會自討沒趣地去跟她說話。

但是，不說話不代表不想說話。

他不明白，這女人為什麼對他有敵意？

他不記得自己有惹到她。

當她與月寶一起修煉法術時，他看過幾回，這女人在月寶面前很愛笑，而她的笑明媚又耀眼，讓他看過一次就記住了。

他見過的美人很多，不論是仙女、妖女或魔女，在他眼中，美醜從來不重要，因為他沒興趣。

可是肖妃的美，卻讓他第一次生出了興趣。

她甩鞭的招式、旋轉跳躍的方式，行雲流水中帶著一股說不出的美感，也不是說她的招式不凌厲，當然，以他的標準來看，速度太慢，不過能上兵器譜排名第十，那修為也算頂尖的了。

不知從何時開始，他的目光開始追隨她，盯著她的一舉一動、一顰一笑，看久了，腦子裡時不時就會浮現她美妙的身姿。

每當段慕白那廝把月寶拐到屋裡上下其手時，殷澤通常會去別處，懶得看自己的主人道貌岸然又假正經的模樣，但不知何時開始，當那個女人在時，他沒有離開。

身形如劍的他，站在屋簷頂端，迎風而立。

他目視遠方，她閉目養神，兩人各據一方，她不動，他亦不動，她待多久，他也待多久。

一夜無話，卻風雲暗湧。

阿木是望月峰的神木靈，負責看守結界。他氣呼呼地跑來向主人段慕白告狀，月寶帶著肖妃闖出結界，直往魔界去。

一旁的殷澤聞言，眉頭擰了下。

段慕白卻是好整以暇，彷彿早已預料，只是點個頭。「知道了。」

交代阿木幾句後，便讓他退下。

殷澤沈吟了會兒，冷然開口。「你就這麼讓她回魔界？」

段慕白抬眼，見殷澤臉色不好，心中一動，故意伸了個懶腰，狀似不經心地道：「是呀。」

「你到底有什麼打算？」

「我知道她要回魔界，正因為如此，我才把肖妃給她。」提起肖妃時，他仔細盯著殷澤的臉。

「原來肖妃是奉你的命令去監視她？」

殷澤可不是多話之人，卻主動談及肖妃。段慕白是望月峰的主人，在他的地盤上，沒有他不知道的事。

他笑得意味深長，魅惑眾生。「肖妃早與我訂了血契，我才是她真正的主人。」

殷澤恍悟，原來是這麼回事，連他自己也沒發現，緊擰的眉頭在聽聞此事後舒展開來。

忽然想到什麼，殷澤又拉下了臉。

姓段的近來神秘兮兮，不知在籌謀什麼，問他話也只說一半，藏著另一半，吊人胃口，收肖妃當契靈這麼大的事，也不通知他一下。

早知她會去魔界，他也可以藉這個由頭對她提點一番。既然都是為劍仙做事，那就是自己人。

思及此，殷澤很不滿。

「原來除了我，你還有其他女人。」殷澤深覺自己被這兩個人忽視了。

「我敢收她，也是因為有你呀。」

段慕白最大的樂趣便是忽悠人，他語重心長地拍拍殷澤的肩膀，用他說謊不打草稿的功力，開始忽悠這位不苟言笑又不知情趣的寵物——喔不，是契靈。

他把自己能收伏肖妃的功勞全歸在殷澤身上，說他威名遠播，令人景仰，劍邪之名懾服了軟鞭精。

殷澤依然面色冷凝，但眸中寒芒卻消，舒心順耳。

原來她是因為懾於他的威名，故而保持距離哪……

殷澤成名已久，所到之處無不震懾所有人，這是事實，所以他絲毫不懷疑段慕白的解釋。

肖妃怕她，不是討厭他，他找到真相了。

遠在魔界的肖妃，絲毫不知道自己被主人給賣了，她跟隨月寶回到魔界，情不自禁地深吸一口氣。
這久違的妖魔瘴氣，真令人懷念啊！
妖魔兩族是兄弟，因此回到魔界就像回到故鄉一樣。
月寶回到魔界，再也無所顧忌，本性大發，遇到挑釁的就打回去，肖妃總算也可以大展身手，來一個打一個，來一雙打一對。
蛇麟鞭的威名，在此發揮得淋漓盡致，肖妃許久沒這麼快活了。
月寶果然沒讓她失望，她的仙法進步神速，連帶她也跟著功力大增，她的靈識比過去增強十倍不止，因此當月寶要進入後院前，她立即感覺到後院有一股異常之氣。
「等等。」
她阻止月寶，讓她止步。
「怎麼了？」
「院中有股異樣的氣息。」
為了保護月寶，她必須謹慎，讓月寶先在外頭等候，她自己則化作一股白煙飄至後院，先去探個虛實。
魔界處處是危機，不比妖界輕鬆。不過在魔界，除了魔君的鐮刀讓她忌憚，其他兵器靈，她還不放在眼裡。

往壞處想，若真有個萬一，以她的法力，在危險來臨前她還是能及時脫身的。這也是為何她在妖界待了那麼久，總能躲過妖魔的追獵，過著逍遙自在的日子。

白煙悄無聲息地飄到後院，似輕絮，似浮雲，查看任何蛛絲馬跡及是否有埋伏。

輕煙從窗戶縫隙無聲無息地鑽入屋裡，一進屋，一股黑霧罩下，肖妃大驚，迅速後撤。

她的速度夠快，卻快不過黑霧罩頂，她急急施展妖力還擊，卻被另一股龐大的威壓制住。

肖妃只覺氣血翻湧，被重重地壓在地上，耳邊傳來低沈威嚴的警告。

「妳打不過我。」

這囂張的口氣、傲慢的宣告，除了殷澤還有誰！

上次是被他踩在地上，這回是躺在地上，被他掐著脖子。

黑霧散去，一雙冥暗之眼，冷冷地盯著她。

肖妃被打回人形，停止掙扎，冰冷的美眸與他目光對峙。

殷澤只是來傳話，並無意傷她，只不過兵器對殺氣向來敏感，一時習慣使然，遇到反抗的就是直接壓制。

他打量她，一陣子不見，她瞪人的美眸閃爍著冷芒，像耀眼的靈石，很美。

這是他頭一回這麼近地看她，臉蛋美豔，胸部飽滿，頸項纖細，肌膚白嫩，髮絲柔軟。

殷澤總結了一句——觸感良好。

忽然，他察覺屋外有人靠近，眸光凌厲，手一撈，將人攬住，發現她想逃，鐵臂一收，緊抱懷中。

「別動。」他命令。

門被打開，衝進來的月寶見到此景，面露驚訝。

肖妃動彈不得，臉色難看。身為一個兵器靈，被對方只用一招打敗，是一件很難堪的事，她身負保護之責，卻還得靠月寶開口求情，才讓殷澤放開她。

她走到月寶身邊，冷著臉背對他們，沈默不語。

殷澤是替段慕白來傳話的，他冷硬威嚴，就連月寶也要敬他三分，她這個做主人的還不敢怪他為何欺負自己的契靈。

殷澤把話帶到就要離開，臨走前，瞟了那抹妖嬈的身段一眼。長髮如絲緞的背影，始終背對他。

她果然怕他。

殷澤收回目光，轉身離去。

肖妃氣得不輕，在仙界也就罷了，這男人居然欺她欺到魔界來了！

她憋著火氣，一連幾日都冷著臉，連月寶都不想理了。

魔界戾氣重，肖妃在殷澤那兒受氣，便在其他人身上找補，她也不找別人，專找劍靈徒子徒孫打，打得他們跪地求饒，才把憋的這口氣順過去。

她決定了，下回殷澤再來，她絕對要遠遠避開他，但是她忘了，如果某人一定要找她，就算她刻意避開，某人也會找上門來。

隔不到三日，肖妃一進屋，便赫然瞧見屋內高大魁梧的身影。

肖妃立即閃身退出，她速度已經夠快了，無奈對方的動作比她更快，大掌迅速伸出，抓住她纖細的手腕。

肖妃殺氣迸現，回身朝他打出一掌，趁此掙脫，騰飛而起，不料一條繩子捲住她的腳踝，將她拉回來，跌下的身子，被殷澤接個滿懷。

「為何要跑？」他冷然質問。

她不跑難道等被他打倒在地嗎？

肖妃什麼都沒說，只是冷冷回視。

男人人高馬大，女人柔媚絕色，硬與軟的組合，成就一幅絕美撩人的畫面，只可惜圍繞兩人四周的妖魔之氣相撞，有點煞風景。

殷澤冷聲質問。「為何要削掉我的手？」

適才她迸發出的妖氣可是拚了命的，雖然失去一掌，他也能輕鬆運功長回來，但他在意的是她的殺氣。

殺氣對兵器，可是大忌。

肖妃狠狠瞪他。「要殺要剮，悉聽尊便！」

喲，終於肯開口對他說話了。

「我若真要殺妳，妳早已經死了。」

噬魔劍之所以讓人畏懼，是他能吞噬妖魔煞氣，毀靈滅丹。而他這一身戾氣，在成了劍仙的契靈後，經過多年共修，得以控制下來。

他來此，並不是想讓她更畏懼他。他想了想，又說了一句。

「我不會殺妳。」

「既不殺我，就放開我。」她冷道。
「不行。」
肖妃抿了抿唇，不說話了。
殷澤解釋。「放了妳，又要跑。」
她不跑做啥？跟他乾瞪眼嗎？
肖妃氣極，卻沒辦法掙脫，逼得沒辦法，只好承諾。
「我不跑，總行了吧？」
殷澤打量她，見她似乎不是在騙人，這才鬆手。
肖妃才落地，月寶和魔族師姊陌青愁正好一同進屋，當兩人見到殷澤時，俱是吃驚。
肖妃在月寶驚疑的目光下，覺得自己很窩囊，她身負保護月寶之責，卻連通知她屋內有人都沒辦法，真是氣不打一處來。
殷澤此番前來，仍是替段慕白帶話給她們。
肖妃在一旁聽著，心下咒罵。既是傳話，直接找月寶不就行了，為何故意刁難她？
月寶瞞著段慕白潛回魔界，自是不肯回去。

她本是魔族人，這裡才是她的家。

況且，她與師姊有大仇要報，早把生死置之度外。因此段慕白帶話給她，擾她心緒不寧，說話口吻也不客氣了。

「我為何一定要寫信給他，他憑什麼？」

肖妃暗叫不好，一察覺到段澤的魔氣，立即閃身，擋在月寶前頭。

噬魔劍迸射出的魔氣比尋常刀劍更銳利，儘管那魔氣一觸即收，卻還是在肖妃胸口燒灼出一個傷口，冒出焦煙。

段澤見狀，瞳孔縮了下。

他並未打算傷人，只不過因月寶出言對劍仙不敬，他便略施小懲，意在警告，不在傷人。

盯著肖妃胸口的傷，他臉龐染上一層寒霜，凜凜煞氣，十分懾人。

他將剩下的話說完，把段慕白的意思帶到後，頭也不回地離去。

兵器相鬥，缺胳膊斷腿實屬正常，但是不知怎的，一想到那漂亮的胸部被他的威刃之氣燒出一個洞，段澤突然心情很差。

第四章

段慕白站在案前，執筆畫蓮，筆尖勾勒出一片片花瓣。

當一朵蓮花成形，竟隨風輕輕飄搖，栩栩如生。

這枝狼毫筆果然精妙，畫出的景物活生生地動了起來，煞是趣味。

突然一股煞氣襲來，原本搖曳生姿的蓮花瞬間枯萎。

門被打開，伴隨煞氣而來的男人，大步踏入屋內。

段慕白手中的狼毫筆被殷澤的戾氣嚇到，正簌簌發抖。筆兒有靈，修為尚輕，還是個小嬰孩呢。

段慕白將筆擱下。「去吧。」

得了劍仙大人的允許，狼毫筆的毛尖立即岔開兩條，學人腿一樣跑了起來，一路留下點點墨汁，鑽進筆筒裡去當駝鳥。

殷澤一回來，外露的霸氣就驚動了望月峰的靈物，仙獸仙鳥嚇得四散飛逃，就連神木靈阿木也收起他的觸葉。他怕劍仙的三昧真火，也懼噬魔劍的戾氣，他可不想被燒成一根木炭。

段慕白搖頭嘆息。「不過是讓你跑一趟魔界，怎麼就走火入魔了？把我這兒弄得雞飛狗跳。」

殷澤重重哼了一聲，只是冷冷瞪著他。

段慕白也不以為意，伸手問：「信呢？」

「沒有！」

「唉，還以為派你出馬，可以帶封信回來。」

「帶信有什麼用，直接把女人帶回來不就得了！」

段慕白卻是輕笑。「你不懂，我與她，玩的是情趣。」

殷澤的確不懂，在他的認知裡，想要什麼，直接去要，要不到就搶，只要能達成目的就行了。

殷澤這一生都在戰場上，一心求武，對於女人的心思是一竅不通，因此段慕白便提點他一句。

「強求會適得其反，要心甘情願，才能留住人，明白嗎？」

殷澤的回答也很直接。「不明白。」

段慕白一點也不介意對牛彈琴。「瞧瞧你，火氣這麼大，要不要考慮找個女人共修，消消火？」

殷澤這一身火氣便是被女人弄出來的，還消什麼火氣？

「話我帶到了。」他丟下這句話，頭也不回地走人。

段慕白失笑地搖頭，翻開手掌，仙氣擴散，將殷澤從魔界帶回來的煞氣淨化。

「阿朱。」

聽到劍仙大人的召喚，蜘蛛精阿朱立即出現。

「主人。」

「把這顆聚元仙果帶給肖妃。」

阿朱看到聚元仙果，目光大亮，困難地吞嚥了下口水。

聚元仙果乃是修行聖品，很補的。

「可別偷吃，知道嗎？」段慕白雖然言笑晏晏，但一身威嚴卻讓阿朱打了個冷顫。

「阿朱不敢。」

「去吧。」

阿朱慎重地用雙手捧著仙果退下，哪知道連望月峰的結界都沒踏出一步，半路就被殷澤搶了。

阿朱臉色發白地回去找主人哭訴，這不能怪他呀，搶仙果的是殷澤大人，不關他的事呀！

段慕白聽了，並不生氣，反倒眼神露出興味。

「果然呀……」

遍布三界的蜘蛛精是他的眼線，殷澤把肖妃的胸口燒出一個洞，段慕白早已得知，便故意用聚元仙果當誘餌，果然釣出這死鴨子嘴硬的男人。

這傢伙對女人總算有感覺了。

段慕白頗有一種自家兒子總算開竅的慈父感嘆。

「你跟著去，不必阻攔，只需把看到的一切，回來稟報給本仙。」

「遵命。」阿朱趕緊領命而去。

肖妃低頭看著自己的胸部，渾圓的上半部有一塊燒焦的傷口。

噬魔劍的煞氣果然很毒，這傷口估計沒一個月是恢復不了的。

不過只要不傷及內丹就好，就是肌膚上有一塊焦黑的傷口很醜，彷彿烙印一般，提醒自己是殷澤的手下敗將，這讓她很不悅。

這筆帳，她記下了！

她低頭檢視傷口，忽然眼前光線一暗，黑影籠罩。

殷澤就站在她面前，一雙眼盯著她。

前後隔不到半個時辰，居然又出現了。

屋裡雖然設下防止他人闖入的禁制，但在殷澤面前就是個擺設，完全擋不住這廝自由出入，他想走就走，想來就來。

偏偏他什麼時候不來，專挑她扒開衣襟、袒胸露乳的時候來，一雙眼還目不轉睛地盯著她的胸。

也不知是盯著她的傷口，還是盯著她的胸部。

她怒目而視。「月寶不在這裡。」

「我知道。」

知道你還往我這裡跑！

肖妃只當他返回後又受了劍仙大人的命令帶口信來的，她憤怒地穿好衣裳，繞過他就要走，殷澤卻擋在她身前。

她往後跳開一大步，全身戒備地瞪著他，被他那雙灼灼目光看得炸毛，懷疑他不懷好意。

「讓開。」她警告。

殷澤沒讓，反而抬腳向前跨了一步。

肖妃猛然迸發妖氣，帶起一陣狂風，將自己護在漩渦中。

殷澤卻是寸步不讓，朝她迫近，任由風刀在他身上颳出縱橫交錯又怵目驚心的血痕。

他步步進逼，雙臂圈住她的蠻腰，任她如何撒野也不肯放手。

肖妃終於停手，大口喘著氣，美眸死死瞪著他。

殷澤冷聲道：「不掙扎了？」

肖妃緊抿著唇，看著男人原本英俊的面孔，如今血肉模糊又幾可見骨，還有一塊皮膚在下巴上要掉不掉的。

「你為何不擋？」

肖妃看不懂他的心思，不禁疑惑。

「氣消了嗎？」

這話問得她一怔，丈二金剛摸不著頭腦。
「這樣就扯平了吧？」
她擰眉。「什麼意思？」
「這個。」他的食指挑開她的衣襟，指著胸部上那處灼傷。
肖妃詫異，狐疑地睨著他。
他這是在道歉嗎？
這廝從一開始就目中無人，眼睛長在頭頂上，驕傲得不得了，依她瞧，這廝就算誤傷人，肯定也當成是對方學術不精，不關他的事，想從他口中聽到類似愧疚或道歉的字眼，這輩子不可能，下下輩子也不可能。
所以她很難相信，他不躲不避地任她打殺，就只是為了道歉？
跟她胸部上的傷口比，他這血淋淋的……也太虧了吧？
她想掙脫，卻發現他還不鬆手，正要開口抗議時，一粒圓潤的珠子遞到她眼前。
她瞳孔一縮——
是聚元仙果！
聚元仙果乃千年難得一見的聖果，別說外傷或內傷，就算是元神和靈根受損，亦能修補。

吃一顆，解千毒，修為大增。

殷澤盯著她。她見到聚元仙果，果然乖乖的不掙扎了。

「想要嗎？」

「要。」

殷澤正要給她，但此時突然冒出一個想法。

「想要就親我一下。」

他原只是說說，不認為她會同意，沒想到她迅速在他嘴上「啵」了一聲。

殷澤呆住了。

趁現在！

肖妃張嘴一口將聚元仙果含進嘴裡，咕嚕一聲吞下肚，吞完後，還伸出粉嫩的小舌舔一舔唇瓣。

這可是聚元仙果！別說親一個，給他摸一下都行。

兵器靈跟人不一樣，這副身子本就是修煉化形出來的，表面像人，但骨子裡還是兵器靈，並不像人那麼重視貞操，武修才是他們的終極目標。

肖妃是誰？她是在皇帝後宮修行出來的蛇麟鞭，法力雖不及殷澤，但是媚惑男人的技巧，她絕對比他在行。

聚元仙果一入體，立即感到經脈通暢，一股熱流湧動，胸部上被燒黑的傷口正以肉眼可見的速度迅速復原，恢復了平滑的光澤，甚至一點傷疤都無。

受這點小傷真值得，肖妃覺得自己占到大便宜了。

「行了，咱們扯平，快放開。」

她作勢要退開，但腰間的臂膀卻忽然收緊。她詫異地抬頭，見殷澤緊抿著唇，死死地盯著她。

她沈下臉。「幹麼？」

見她態度冰冷，殷澤的神情也冷了下來。

她剛才親了他，吃下仙果後，就翻臉不認人？

他突然放開她，轉身就走，一如先前，來無影去無蹤。

肖妃看著他消失的方向，眉頭擰緊，心中暗恨，什麼時候她才能像他那樣，在讓人無法察覺之下來去自如，又像他那樣速度奇快，讓人瞧不清他是如何移形換位的。

倘若他有殺心，自己已是斷繩殘鞭，元靈毀滅了，他每次出招，都讓她更加明白，自己差他有多遠。

不過她就不信，自己同樣也是劍仙的契靈，會輸他一輩子。

她立誓，一定要好好修行，遲早贏過他，將他從排名第一的寶座拉下來，那滋味肯定萬分美妙。

從這日開始，殷澤三不五時就會無聲無息地出現。

對於他想來就來，想走就走，肖妃自是恨得牙癢癢，覺得這男人非常囂張，故意在她面前炫耀自己的實力。

但她哪裡知道，殷澤回去後，腦子裡始終抹不開她那蜻蜓點水的一吻，彷彿烙印一般，縈繞不去。

他想見她，卻又拉不下臉用熱臉去貼她的冷屁股，於是就變成了垮著臉的劍邪大人，總在她附近神出鬼沒。

殷澤能在魔界來去自如，自是有本事讓人看不見，例如月寶就看不到，但肖妃就不一樣。

不管殷澤在哪，她都看得到，本想眼不見為淨，偏偏這廝不知哪根筋不對，彷彿衝著她來，就是要讓她看到人，就算沒看到時，也能讓她嗅得到他的氣息。

肖妃索性閉上眼，眼不見，心不煩。

這日，她照例橫臥在樹枝上閉目養神，微風拂來，吹起她輕柔如絲的長髮。她身段柔軟，橫臥時，更顯現出那婀娜多姿的曲線，一隻赤足裸露，教人瞧見雙足的小巧精緻。

時光靜謐，歲月安好，就在她快要入睡時，忽然一股異樣的存在驚動了她。

這男人神出鬼沒了幾日，今日卻是忽然近身，令她不得不打起全副精神，戒備地瞪著他。

段澤審視著這張怒瞪他的美豔臉蛋，每回他靠近，她就是這樣如貓兒般炸毛。

別人怕他，他覺得很好，可換成是她，他就不喜。

他回想了下段慕白哄月寶時說的那些噓寒問暖的甜言蜜語，決定試一試。

「傷好了嗎？」

「無礙。」

……一陣無話。

段澤本就是寡言少語之人，只有在面對段慕白時才說得比較多，因為他認為這世上只有段慕白能讓他服氣，對於他人，他連開口都懶。
可是現在面對她，他卻發現要說些甜言蜜語，還真是不知道該說什麼。
兩人就這麼杵著，他不開口，她亦沈默，落葉在兩人身上飄落。
飄到第一百零三葉時，殷澤決定不想了，單刀直入比較符合他的性子。
「我想插妳。」
「有本事，你試試看？」
殷澤就不明白，為何他的求歡會引來肖妃如決鬥般的殺氣？
幸虧他也不笨，稍微思忖了下便恍然大悟。
「不是用劍插妳，是用這兒。」他用手指著身下。
不知多少次午夜夢迴時，一想到她，這裡就很硬。
肖妃收回殺氣，一臉狐疑。
「你要上我？」
「是。」
「為何？」
「想嘗試。」

「你沒上過女人？」

「沒有。」

兩人說話皆是單刀直入，毫不拖泥帶水，反倒真正有了一次完整的溝通。

殷澤想上她，出於某種難以壓抑的好奇。對肖妃來說，殷澤是處男這件事，大於他想上她這件事。

更重要的是，殷澤「有求於她」。

她雖然討厭殷澤，但她討厭的是他的傲慢，討厭自己不如他，現在知曉殷澤喜歡她的美貌及身子，對她來說，這是一種「承認」，堂堂劍邪大人終於也承認她修得好。

肖妃心中浮現得意，有一種被打壓久了，終於輪到自己揚眉吐氣的快意。

給他上不是問題，問題是要如何利用這個機會敲詐他一番？

「我有條件。」

「說。」

「想上我，行，但你得答應我，以後見到任何人、任何獸、任何法器，都必須跟他們說，你殷澤唯一最怕的人，是我肖妃。」

對殷澤來說，向女人求歡是破天荒頭一遭的事。

萬年來，他的腦子裡只有兵法、劍法或功法，馳騁戰場，殺人如麻，直到遇上段慕白，才將他的魔性壓制下去。

肖妃是第一個讓他對女人身子產生慾望的人，而這女人竟敢向他提出如此無理的條件。

換作別人，早被他砍了。

當殷澤再次帶著一身戾氣回去（這次比上回更盛），直接將段慕白的屋子給燒融了，驚得大夥兒四散飛逃。

當殷澤聽到段慕白又要他帶口信去魔界時，氣得炸毛。

「寫什麼信！女人不聽話，直接抓回來就行了，堂堂劍仙，竟被區區一個女人拿捏，成何體統！」

段慕白挑挑眉。

喲，居然氣到遷怒了。

殷澤不知，送信只不過是段慕白的藉口，他早從蜘蛛精阿朱那裡知道了前因後果，召他來，只不過是想看他慾求不滿的樣子。

孩子進入發情期，做爹的得開導開導，這事憋久了，會傷身的。

其實段慕白能收伏殷澤，靠的不僅是法力修為，他更懂得降人先降心的道理，這也是殷澤心甘情願待在他身邊的原因。

「到了咱們這個境界，光靠武力服人有什麼意思？若能不費一兵一卒，就能征服對方，讓女人死心塌地跟著自己，那才叫做高明。」

「這有什麼意思？」

「意思可大了。」段慕白露出神秘的笑容。「這種事只有親自去嘗試，才知其中樂趣，若是強逼對方，就算得到了，也只是得到一具傀儡，才是真正沒意思。」

殷澤聽了只是重重一哼，不予置評。不過他戾氣重，段慕白說他弄壞了落霞居，正好人間蟒妖作亂，專食孩童，段慕白便罰他去滅了這群妖孽。

殷澤二話不說，當天就走，只花了一天半的時間，便把九頭蟒蛇妖給斬了，原本憋了一肚子的火氣，趁此發洩不少。

待回到望月峰交差後，又待了一日，隔日一早，他直闖落霞居。

「要我帶什麼口信？」他劈頭就問。

三日前，大聲質問他不該慣著女人的契靈，這會兒彷彿什麼事都沒發生似的，要幫他送口信去。

段慕白心下偷笑，面上卻不點破，正經道：「你去問問肖妃，月寶那丫頭有沒有背著我跟其他男人亂搞，還有去查一查，魔君跟妖君這兩人在計謀什麼？」

殷澤領了命令，人就走了。

在他走後，段慕白立刻召來蜘蛛精阿朱。「跟去看看，記住，他跟肖妃之間發生的事，都要鉅細靡遺地回報給我。」

阿朱稱是，立刻聯繫分布在魔界的蜘蛛手下們。

第五章

自從把殷澤氣走後，肖妃早將他拋諸腦後，忙著陪月寶打打殺殺。

魔族裡挑釁的人多，月寶為了幫助師姊陌青愁奪權，擴大勢力，被他人視為威脅。

這三天裡，明裡暗裡出現幾撥人來挑事，肖妃暗中幹掉的就有好幾個。

消失三日後，又突然出現在她面前的男人，沒頭沒尾地丟給她三個字。

「我同意。」

肖妃怔了半晌，才後知後覺地恍悟他在說什麼。

原來他消失的這三天，還在考慮這件事啊。

肖妃很得意，她可是萬年來，繼劍仙段慕白之外，第二個讓殷澤服軟的人。

她怕他反悔，見好就收。「成交。」

她才允諾，便感到一股迫近的壓力。殷澤來到身前，鐵臂箍緊她的蠻腰，轉瞬間，人已經被他帶到一處洞中，他霸氣伸來的大掌，罩住她一只渾圓。

肖妃猛然爆發出妖氣，將這放肆的大掌給彈開。

殷澤擰眉，盯著掌心上的血，銳利的黑眸陰惻惻地盯著她。

「妳敢反悔？」

這世上還沒有哪個器靈跟他談好交易後，敢翻臉不認帳的。

肖妃瞪他。「契約未立，交易未成，豈能容你沾手？」

「我殷澤乃一言九鼎。」

「口說無憑，我要立契。」

殷澤瞇著危險的目光。「妳還不夠資格跟我立誓，不要得寸進尺。」

這三界裡，目前讓他承認有資格的人，也只有劍仙段慕白一人，而這個在兵器譜勉強排到第十的蛇麟鞭，他願意跟她談交易，已是破例了。

肖妃沈下臉。「不要拉倒。」說完頭也不回地走人。

不過她連半步都未踏出，就被身後一股力量吸住，人也落入男人的懷抱裡。

「好，我與妳立誓。」

肖妃唇角勾起了笑，這抹笑，媚態橫生。

殷澤盯著她好一會兒，手一伸，將背後長劍出鞘，挽了個劍花後，劍刃立在面前。

「以吾殷澤之名，與肖妃立下承諾，若有違誓，便自損修為萬年。」

劍刃劃指，沾上指血的劍，在虛空劃下一道符誓，符印射入眉心，言咒成立。

符咒印入眉心印堂，就算是神仙，也不能違背誓言。

殷澤將劍往後一甩，劍尖入鞘，同時轉身將她壓下。

他現在就要她。

「等等。」

他擰眉。

「我得養傷。」肖妃解釋。

殷澤頓住。「妳受傷了？」

「小傷，但需要養一養。」

殷澤這才注意到，她臉色沒有三日前好，以往抓她，她總會反抗，可剛才輕鬆一抓，卻是輕易落入懷裡，半分掙扎都沒有。

「傷到哪兒了？」大掌欲掀她的衣襟檢查，卻被她嫌棄地拍開手。

「是內傷。」猴急什麼？肖妃沒好氣地說。

殷澤聽到是內傷，臉色便沈了下來。

魔界是什麼樣子，他再清楚不過了，他不過沒來三日，竟有人敢動她，能讓她受內傷，可見戰況激烈。

被他查出是誰傷了她，他必讓對方好看。

肖妃見他臉色難看，以為他是不高興自己不能馬上給他。拜託，她很忙好不好，得抓緊時間運功療傷，實在沒空應付他。

「今日不行，等三天後吧，到時——唔——」

見她不肯就範，他乾脆一掌箝制住她的下巴，霸氣含住她的唇，渡真氣給她。

肖妃本欲掙扎，忽地頓住，瞪大了美眸。

器靈養傷有三，一是閉關修復，二是吸收靈石或丹藥，三是奪人真氣。

真氣難得，除非是為了續命，才會陰損得奪人真氣，吸收己用，不過往往風險極高。

修為越高的器靈，療癒能力越強，兵器之王的真氣，比靈丹妙藥更有效！

肖妃當然不會拒絕這天上掉下來的餡餅，立即化被動為主動，雙臂圈住他的脖子，貪婪地吸吮著。

絲絲真氣灌入，在體內游走，直通四肢百骸，原本血淋淋的傷口，開始以肉眼可見的速度癒合，被削掉見骨的肌膚，也開始長出新肉。

肖妃感到無比亢奮，全身每個細胞都在躍動，彷彿注入了一股強大的力量，源源不絕。

澎湃如海嘯狂浪，衝擊著她的精氣神。

這股力量如此強大，如此霸道，這……就是兵器之王的真氣！

殷澤打敗她時，她不服氣，但是當他的真氣遊走自己全身經脈時，肖妃甘拜下風，原本應該費時幾日運功修復的內傷，不消一刻便恢復了。

這男人、這體魄、這厚實的丹田……

肖妃看他的眼神都變了。

有了他的精氣，她是不是可以突破修為，更上一層？

思及此，她那勾人的小舌纏住他的火舌，與他打麻花。

殷澤打了個激靈，彷彿身子通電一般，龍骨發麻，洩了真氣，一時被她吸去不少。

他離開唇，瞇著危險的目光打量她。

這個大膽的女人，就不怕惹怒他？

肖妃冷冷瞅著他，伸出小舌，緩緩舔著唇瓣，既妖且媚。

論武力，她打不過他，但論歡愛的技巧，屌打他好幾條街。當年她可是在皇宮裡成精的軟鞭精，禍國妖姬媚惑帝王的狐媚妖氣，她也全吸收了，因此無師自通。

男人再硬又如何？碰上女人，終究也會成為繞指柔。

在他危險的目光下，肖妃伸手撥開他胸前的衣襟，伸出舌，含吮逗弄。

殷澤突然感到下腹升起一種從未有過的脹痛，她衣裳破損，衣不蔽體，幾乎是一絲不掛，正用柔軟的身子貼著他。

當慾望如一把銳利的劍出鞘時，總要見血，才能壓下那股慾火。

殷澤再度俯身，對她吮吻啃咬。他雖然沒睡過女人，但這不影響他知道如何睡女人。

好歹他也曾在魔界打滾過，妖魔兩界最不缺的，便是浸淫在男女肉體慾海中。

他找到慾望的洞口，提了劍，直搗黃龍。

肖妃吸了口氣，料不到這男人如此霸道，連前戲也沒有，便直接捅進她身子裡，痛得她張口就往他肩膀上咬。

殷澤吃痛，反倒起了邪性，生出噬血的亢奮。

女人的呻吟，是最強的春藥。

他初次嚐鮮，難免控制不住力道，有些殺紅了眼，絕不是一時半刻就會停下的，幸虧肖妃身子夠軟，她的包容力足以承受男人的橫衝直撞，在適應疼痛後，便使出渾身解數誘惑。

武力上贏不了他，那麼她要用她的美色徹底征服這個男人。

她本就是妖物，自是將禍國妖姬媚惑君王的手段全部使出來，這場仗，不消一刻便結束。

殷澤只覺得這場雲雨有說不出的舒爽，原來做這事會這麼舒服。

胸口忽然一疼，他低頭，瞧見她以尖銳的指甲，在他胸膛劃出一道血痕。

「這是做什麼？」

「計數。」

「為何要計數？」

「你去妖市跟人買賣，會清點貨物嗎？」

「會。」

「那就對了，咱們既然做交易，當然要清點次數。」

「……」居然是在他胸膛上畫個一，這跟買賣能一樣嗎？

「膽肥了，竟敢在本君身上亂劃？」

「不劃在你身上，難不成劃在我身上？」

「……」

換作他人這麼回答他，早被他用劍削了，但眼前這女人……

才剛承寵的她，眉宇風情瀲豔，目若春水，肌膚滑膩如脂玉，上頭還殘留他蹂躪後的痕跡。

他的掌心還記得那一對胸部的觸感多麼彈性飽滿，嚐起來有多麼香嫩，甚至在兩人說話時，他的視線都有些移不開那對胸脯。

殷澤的喉頭不自覺吞嚥了下，還真捨不得在那漂亮的肌膚上劃一道傷口。

肖妃完事後，只覺得神清氣爽，把處男的元陽吸飽飽，彷彿重獲新生。

難怪妖魔兩界那些女人這麼喜歡吸取男人的精元，大補啊！

「交易已成，記得你的誓言。」丟下這句話，她毫不留戀地離去，得找個洞府打坐修煉，好好消化吸飽的元陽，務必使自己功力大增。

被丟下的殷澤，目送著女人拍拍屁股走人的背影，突然感到不悅。

聽說女人在做了那檔事後，會特別依賴男人的懷抱，那女人卻是頭也不回地離去。

他冷哼一聲，看來傳言不可盡信。

也罷，交易就是交易，他嚐過了，也享受了，回味了下睡女人的感覺，其實也不過如此。

他施了個術，將自己打理好，在離開前，他忽然頓住，低頭盯著下腹凸起之處。

原本軟下去的那一物，怎麼又硬了？

魔界最讓人忌憚的，便是魔君犀泱。

月寶回到魔界，為的是集結魔軍的力量去報仇。

肖妃的任務除了保護她，還得幫段慕白看著他的寶貝女人，不讓其他男人覬覦。

犀泱的後宮廣納妖魔各族美人，如月寶這樣的美人，亦是犀泱中意的對象，因此當犀泱意圖染指月寶時，肖妃便立即出手。

「魔君大人，我家慕兒是個有主的，若是動了她，可會壞了妖魔兩界的情分哪。」

肖妃擋在化名「慕兒」的月寶前頭，妖嬈地對魔君露出嬌媚一笑，同時散發一身的妖氣。她不能讓犀泱嗅出月寶身上的仙氣，一旦讓他發現月寶是仙界人，那就完了。

要轉移一個男人對一個女人的注意力，最佳的辦法，便是再出現一個女人。

果然，犀泱一見到她，那雙紫魅之眼露出詫異。

「肖妃？」

「魔君大人，許久不見了。」

當年犀泱也曾要收伏她，幸虧她逃得快，才沒讓他得逞。

如今面對犀泱，肖妃的底氣很足，說來要感謝劍仙大人，法器一旦認了主，便無法再被他人所用，除非將對方的主人殺死，才能解開血契。

犀泱知道她已經認主了，臉色很不好。

「妳的主人是誰？」他沈聲問。

「是個連妖君也要敬畏三分的人。」

最高明的話就是只說一半，保留一半，真裡摻假，假裡摻真。

犀泱雖然愛美人，但他更愛權力，魔君的寶座不好坐，要坐得穩，得平衡四方權力。

妖魔兩界如兄弟，一向交好，若是連妖界之主都忌憚之人，魔君就得掂量掂量，不能為了美人得罪一方勢力。

這些，都是段慕白事先交代她的。

不得不說，段慕白非常了解魔君犀泱，只見在利益考量下，犀泱眼中的慾望果然消去，放過了月寶。

肖妃將月寶帶離，確定犀決不再糾纏後，兩人才能安心說話。

「多虧有妳，謝了。」月寶鬆了口氣的同時，對肖妃很是感激。

「不是我，是妳身上那顆護心石。」肖妃自知實力比不上魔君，若不是仗著有劍仙撐腰，她也是要逃的。

「劍仙大人給妳的那顆護心石能避邪驅魔，剋化魔族的法力，包括魔君本人。」

月寶吃驚得下巴都要掉了，一副見鬼的表情瞪著她。

肖妃就知道，這事說出來，月寶肯定嚇死，接下來還有更嚇人的呢。

「劍仙大人早知妳是魔族豔使魄月，要不然，他哪會同意讓妳回娘家呢？」

月寶驚恐，恍若五雷轟頂。

肖妃見她呆掉了，不禁同情她。自己是旁觀者，看得最清楚了。

段慕白人前正經威嚴，其實骨子裡惡趣味十足，他不揭穿月寶的心思，直到等人家溜回魔界了，才交代她把真相告訴月寶。

瞧瞧，把月寶嚇得臉都僵了。

其實肖妃也弄不懂這兩人在拖什麼，明明月寶也喜歡段慕白，而段慕白要收伏月寶，亦是輕而易舉之事，為何要七拐八彎地搞得這麼複雜？

不像他們器靈，要就要，不要就不要，說得清清楚楚，若是兩方談不攏，那就兵戎相見，先幹一架再說，就像她和殷澤。

她與殷澤的交歡，只有喜不喜、高不高興、願不願意的問題而已，沒有段慕白和月寶之間那麼千迴百轉。

像肖妃這樣的高階器靈，能修到內外七成像人，已經很稀少了，情愛關係到人性更高階的精神層面，這是模仿不來的，也不是修煉幾百、幾千年就能弄懂的，況且在這個講究武力值高低、以強欺弱的世界，提高修為才是最迫切的。

肖妃即便色誘男人，那也是把美色當武器。妖魔兩界有不少好色之徒，她的美色可以在危急時發揮作用，為自己取得先機，至於感情這事，肖妃只學了表面皮毛，其實亦是一知半解。

肖妃不會像月寶那樣糾結，她只知道必須完成段慕白的命令，給予月寶最後一擊。

「劍仙大人喜歡妳，才會要妳的命——

「他給妳一個新的宿體，把妳從魔界弄到仙界來——

「妳曾說過願意為他去死，所以他成全妳，說到做到——

「妳若失信於他，小心下場不好啊——」

肖妃每說一句，月寶的臉色就蒼白一分，告知一切真相後，肖妃見月寶欲哭無淚又好不可憐的模樣，覺得十分有趣，心想她得把段慕白逗弄月寶的手段學起來，說不定哪一日會派上用場呢！

月寶離開後，殷澤突然悄無聲息地出現在她身後。

肖妃絲毫未能察覺，心中一沈。

若是敵人，她已經死了。

她臉色很不好，不過隨著他開口道出來意時，她心情又好了。

「又想插我？」

「是。」

肖妃心下狡黠一笑。殷澤啊殷澤，你終於也有弱點了，溫柔鄉，英雄塚，這話你懂嗎？

肖妃歪著頭，眨著美眸瞅他，故意無辜地問：「那是什麼感覺？」

舒服？

欲仙欲死？

欲罷不能？

她等著他軟語求她。

「感覺像包在劍鞘裡。」他說。

肖妃臉色一僵。劍鞘？他居然把她當成了劍鞘！

肖妃心頭怒火騰騰，冷冷吐出三個字。

「我拒絕。」

丟下這話，她留給他一個甩袖遠去的背影。

殷澤一怔，沒料到她會甩臉子給他瞧，更不知自己是哪裡得罪她了？

他看過男人們與女人們苟合，也見識過妖魔界淫亂交歡的現場，但他從來沒動過色心，因為他只有殺慾，在戰場上與人廝殺能讓他興奮，看到敵人鮮血噴發，令他無比暢快。

他殺紅了眼，直到遇上劍仙，他的殺念才被壓制住。

劍仙為了收伏他，將他封印三百年，在暗無天日的三百年裡，他身上的煞氣才慢慢克制住，最後同意成為他的契靈。

與肖妃的歡愛，讓他初次嚐到這事的美妙滋味，卻沒想到會被她拒絕。

這不知好歹的女人。

他沈著臉。既如此，驕傲如他，他決定不再找她。

「嘻……」

殷澤頓住，回頭一看，瞧見一名妖豔的女子緩緩向他走來。

「拜見劍邪大人。」

殷澤盯著這女子，微瞇著眼，冷漠不語。

女子也不等他開口，自報身分。「奴家是狐妖族，閨名清蘭。」

殷澤上下打量她，冷聲問：「妳剛才看到了？」

「大人恕罪，妾身只因愛慕劍邪大人，故而不小心瞧見，那女人也太不識好歹了，若大人不嫌棄，妾身願意侍奉大人。」

「哦？如何侍奉？」

清蘭一聽，心中一喜，勾人的眼更加妖媚。「大人想要妾身如何侍奉，妾身都願意。」

話中的曖昧，不言而喻。

殷澤的視線將她從頭打量到腳，突然命令道：「把衣服脫了。」

清蘭心中一喜，沒想到劍邪大人居然同意了。她一邊將衣服脫了，一邊朝他靠近。

她身形冶豔，該飽滿的地方飽滿，該纖細的地方纖細，她們狐妖族擅長勾引魅惑，離他一步之距時，她身上已一絲不掛。

「大人……」她的雙手貼上他的胸膛，食指在上頭畫著圈圈。

殷澤一手攬住她的人，另一手罩上她胸部的柔軟。

清蘭軟倒在他懷裡，整個人都要酥了，禁不住嬌吟一聲。

「劍邪大人……」

殷澤冷酷的唇角勾起淺笑，這笑，竟是如此魅惑，令清蘭看得有些癡了。

他低下臉，往她頸窩靠近，清蘭心神一蕩，來此之前，她並沒有把握可以勾引殷澤，沒想到他會答應。

能勾引到劍邪大人，她可有面子了，立即散發身上更多的狐魅之香，想要勾得男人拜倒在自己石榴裙下，因此努力把自己的胸部擠到男人手上。

猛然，她渾身一僵，原本罩在她胸脯的大掌，五指深深地插入她的胸口，掐住她的心臟。

「好大的膽子，竟敢誘惑我？」

幽闇的黑眸，閃著嗜血殘忍的精芒。

她抖著唇瓣，想開口求饒，卻一個字也發不出來，蒼白的面容上滴出冷汗，滿臉的恐懼。

「妳為何能察覺到我？」

他明明已經斂住自己的氣息，不可能讓人察覺，她的修為不高，是怎麼做到的？

清蘭艱難地開口。「稟劍王……妾身……察覺不到您，但……能嗅到您……身上……與女人歡愛……的氣味……」

殷澤一聽明白了，差點忘了狐妖嗅覺靈敏，他們專門以色誘人，故而對歡愛的氣味比他人敏感百倍。

殷澤能斂下自己的氣味，卻忽略了肖妃染在他身上的氣味。

這狐妖聞到他身上歡愛的氣味，自以為能迷誘他，他若是那麼容易被女色所惑，也不會到現在才碰女人了。

他碰肖妃，是因為他對肖妃有興趣，但不代表其他女人可以招惹他。

對於這個自作聰明來色誘他的女狐，他已心生殺意。

清蘭感受到心臟被捏擠的壓迫，嚇得連忙求饒。「別殺我……我願做任何事，我很有用的……」

殷澤停手，心中一動，放鬆了力道，冷聲問：「妳可知，她為何生我的氣？」

清蘭得了一線生機，哪裡敢拿喬，趕緊回答。

「她會生氣，是因為您說她是劍鞘。」

「胡說！能做本君的劍鞘，有多少人求之不得，有何好氣？」

也難怪殷澤不相信，強者為王，弱者向強者諂媚討好，在兵器族裡也是常見的。

在成為劍仙的契靈前，他在三界當強者，橫行霸道，女人想為他獻身，男人想當他的跟班或手下，即便是服侍他的奴隸也搶著當，要不是他習慣獨來獨往，否則早就有屬於自己的手下了。

不過，那時他只醉心於戰爭殺伐，一心求武，不耐有人跟隨，也因此從來沒想過會有人將這話視為羞辱。

「大人明察，凡是驕傲的女子，是不喜他人將她比做劍鞘的，我觀那肖妃自恃甚高，自然不屑被大人您如此形容。」

「當真？」

「不敢欺瞞。」

「原來如此……」

清蘭悄悄鬆了口氣，以為逃過一劫，但下一刻，臉色再度發白。

「既被妳瞧見了我，斷不可放過妳。」

掐住她心臟的五指一吸，噬魔納魂，女狐清蘭瞬間成了一具乾屍，終至化為粉沙，消散於風中。

第六章

「如果有人對你說，你像劍鞘，你會如何？」

你才像劍鞘，你全家都是劍鞘。

段慕白卻不能這麼回答，因為問話的是殷澤，這個契靈比他這個做主人的脾氣還大，惹毛了還得費力氣哄。

段慕白狀似認真沈吟了會兒，回答道：「那要看，是誰的劍鞘。」

殷澤傲然道：「本君的。」

段慕白正色道：「能成為兵器譜排名第一的劍鞘，那可是三生有幸，榮幸之至。」

殷澤點頭。「本君也這麼認為。」

……難怪人家肖妃不甩你。

段慕白早就從派出去的蜘蛛精眼線得知前因後果，否則換作他人，問這種沒頭沒尾的話，只會覺得莫名其妙。

「正是如此，否則當年本仙也不會不眠不休地追你到天涯海角了。」

他不說，殷澤還不會想起來，他說了，殷澤便憶起當年這廝為了收服自己，什麼事都幹得出來，軟的、硬的、賤的、下流的，手段無所不用其極，不回想還不覺得怎麼樣，一回想便覺得一肚子嘔血。

「咱們是夥伴，你的事便是我的事。說說誰惹你生氣了？本仙定將她抓來向你賠不是。」

殷澤跟了段慕白這麼久，對他的德行比別人更清楚，瞧他一副想當解語花的認真模樣，晶亮的目光卻洩漏了他想看熱鬧的惡趣味，便肯定自己被肖妃拒絕的事，段慕白已然知曉，偏偏還裝作不知。

殷澤沈下臉。「別把你對付月寶那一套拿來對付我。」說完很不給面子地走人。

「別別別，我這不是關心你嗎？」段慕白哪肯讓他走，勾肩搭背地把他拉回來，一副有商有量的樣子。「窈窕淑女，君子好逑，應對女人，這裡頭的門道，問我就對了。」

不解風情的靈寵終於開竅了，段慕白哪會放過這個機會，必是知無不言，言無不盡。他對殷澤從來不擺架子，更不會擺主人的譜，相反的，他還很能伏低做小，好話說盡，耐心哄他的契靈，這跟他在外頭一副高深莫測、仙姿風華的形象，完全天差地別。

殷澤冷硬的性子就像他的劍法一樣，不喜太多花招，亦不愛拐彎抹角。

「少廢話，說重點。」

段慕白不以為忤，反而拉著他咬耳朵。

殷澤一邊聽，一邊皺著眉頭，臉色明暗不一……

這幾日，肖妃都忙著打坐調息，抓緊時間練功。

自從破了殷澤的童子身，取了他的元陽，果然功力大增。

眼下她感應到月寶的召喚，立即現身。

「找我何事？」

肖妃喜歡月寶，所以每回面對她，總是笑容可掬。

月寶看著她，又小心翼翼地瞄了旁邊一眼，指指那邊。「是他找妳。」

肖妃轉頭一瞧，這才發現殷澤也在。

她笑容收起，臉色冰冷。

沒想到自己功力大增後，竟還是感應不到他的存在。

人比人，果真氣死人！

她毫不客氣地轉身背對他，擺明了不歡迎。

肖妃這麼不給劍邪大人面子，月寶和師姊陌青愁都為她捏一把冷汗。要知道那人可是殷澤哪！一個不高興，便讓你魂飛魄散。

殷澤盯著肖妃的背影，沈聲道：「我是來告訴妳，對我而言，我的劍被裹在劍鞘裡，是最舒服的事。」

月寶和陌青愁兩人互相交換了個眼色，對這沒頭沒尾的話，都丈二金剛摸不著頭腦。

肖妃回頭，冷冷地盯著他。「什麼意思？」

對啊，什麼意思？一如契靈無法懂人性，月寶和陌青愁也無法完全理解肖妃和殷澤這兩個器靈的思維。

殷澤把段慕白教他的話，一字不漏地說出來。「意思是，妳讓我很舒服，我覺得很快活。」

這話還是段慕白教的，殷澤像背書似的說出來，其實心下充滿懷疑。這樣就可以讓肖妃給他好臉色？

當肖妃那張冷豔的容顏對他露出初春融冬的笑顏時，殷澤怔怔地盯著她。

美人一笑，千嬌百媚。

他立即大步上前，伸手摟住她的腰。

竟沒拒絕？

殷澤也是個見機行事、懂得把握機會之人，他一不做二不休，直接把人擄走。

月寶瞠目結舌，看著陌青愁。「他們兩個是怎麼回事？」

陌青愁雖然不明白前因後果，但光看殷澤的表情，便明白了什麼。

「妳的契靈被男人拐走了，就是這麼一回事。」

肖妃被殷澤牢牢抱住，只覺耳邊風聲呼嘯而過。

她好奇地問：「你要帶我去哪？」

「找個隱密之處。」

肖妃心頭一動，美眸微閃，雙臂自動環上他的頸項，嬌滴滴的嗓音在他耳邊撩撥。

「我知道有個隱密的地方……」

熱氣拂耳，嗓音撩人，殷澤只覺得龍骨一麻，雙臂一收，將她抱得更緊了，依照她的指示，來到一處洞穴前。

站在洞穴外，只看到裡面一片漆黑，殷澤一雙眼盯著洞穴，卻遲遲不進。

肖妃瞟了殷澤一眼，心想若他察覺洞內有異，自己該找什麼理由哄騙他進去時，殷澤已大步跨出，抱她進了洞穴。

原本被風吹起的衣角和頭髮，一跨進洞穴中便突然靜止下來。

其實這洞外設了禁制，如同一道隱形的牆，她一直破不了，始終進不來，便故意誆騙殷澤來此，想利用他破解禁制。

原以為他會像她一樣，被這道禁制彈出來，沒想到他不費吹灰之力，便一腳踏了進來，還什麼事都沒發生。

肖妃臉色陰沈。

這禁制竟然對他無用！難怪他在魔界來去自如，不教魔族人發現，若是她也能像他這麼強大就好了。

不過，一想到今日的目的……

她的美眸閃著詭譎又興奮的光芒。

踏進洞穴後，肖妃突然脫離殷澤的懷抱，朝洞穴深處而去。她速度夠快，否則當年也不會在尚未成為前十大兵器之前，平安躲過其他妖魔的追擊。

不過，即便如此，她最終還是被殷澤追上，人也被他壓在地上。

他目光灼灼地盯住她，將她妖豔的媚態收入眼中，低下頭，欲吻住她的小嘴，她卻臉一偏，他的唇便印在她的頸窩。

當殷澤吮吻她的頸項時，她迷離媚骨的雙眼轉成了清冷，緊緊盯著洞穴深處，果然瞧見一團黑影緩緩靠近。

那團黑影突然睜開一雙眼睛，陰森森地盯著他們。

殷澤閉眼親吻著她，猛然利眸爆睜，與身後偷襲的黑影戰在一處，肖妃趁此閃身躲開，往洞穴深處奔去。

這洞穴住著一隻看守寶物的魔獸，讓她始終無法順利進入，今日機會難得，有殷澤牽制住魔獸，她便能乘機搶奪寶物。

果不其然，在洞穴的最深處，一顆圓珠散發著光芒，令她美眸瞬間大亮。

她上前搶了圓珠，往衣服裡一藏，轉身要走時，下一刻人已經被撲倒。

她躺在地上，看著上方的殷澤，一臉呆愕。

「魔獸呢？」

「死了。」

這麼快！

肖妃心中暗恨，她還以為殷澤與魔獸會有一番纏鬥，讓她離開的時間綽綽有餘呢！

對上他審視的目光，她立即媚笑，摟住他的脖子。「原以為這裡夠隱密，沒想到有魔獸，幸虧有你。」

殷澤盯著她一會兒，低下頭要吻她，卻被她伸手擋住唇。

「你殺了魔獸，可能會驚動魔君，咱們最好快點走，不然被魔君知道咱們誤闖此處，會誤了大事。」

殷澤卻握住她的手，壓在她的頭頂上方。「不急。」接著伸出另一隻手，罩住她胸口的渾圓。「不會有人來。」

肖妃擰眉，想開口阻止，卻被他以唇堵了嘴。

肖妃還想掙扎，但她的力量哪裡比得過他？結果衣裳一撕，被她藏起來的圓珠掉了出來。

她急著拿回，卻被殷澤搶先一步拿走。

圓珠散發著淡淡的白光，他一眼認出這是魔獸的魄精，是修煉聖品。

「那是我的，還我。」

先前還一副春水般的眼神，妖嬈勾人，這時卻是布滿戾氣，彷彿他若不把這珠子還她，她就要跟他翻臉。

「妳故意騙我進來，是想搶這珠子？」

肖妃的計謀被他說破，一點也不愧疚，反而理直氣壯。

「想要我的身子，得付出代價。」

殷澤目光沈沈地盯著她。她目光冷冽，絲毫不退讓。

他忽然將那魄精丟到一旁，幽幽地開口。

「行，成交。」

殷澤把人給扒了個精光，女人裸露的胴體，美得不可方物。

他喜歡聞她的體香，品嚐她的肌膚，更喜歡進入她身體裡時，那種被包容的亢奮，刺激得他血脈賁張。

肖妃的目的達到，便熱情地回應他，用她百轉千迴的吻功，撩撥男人的慾火。

圓珠散發著淡淡的瑩光，將男人壓著女人的身影映在牆上。

一刻過後，男人發洩了，女人滿足了，拿著珠子頭也不回地離去。

殷澤目送女人毫不留戀離去的背影，他待在原地，還在回味那一場酣暢淋漓的雲雨。

這時，一團龐然大物的黑影冒了出來，一雙紅色的眼睛正可憐兮兮地看著殷澤，還搖了搖尾巴。

「不過一顆魄精，你把身子補一補，再修就有了。」

這隻魔獸其實是殷澤在魔界時養的寵物，牠能生魄精，就像母雞定期下蛋一樣。當初殷澤為了練功，收服了這隻魔獸，將牠放在這個洞穴裡當母雞來養，並在洞外設下禁制。

自己設的禁制，當然是他想進就進，想出就出。

殷澤餵牠吃了幾顆上品靈石，鼓勵牠。「好好修煉，多給本君生幾顆珠子。」

一顆珠子換一次歡愛，很划算。

另一頭，肖妃不知道自己其實被坑了，還當自己占了便宜。

那魄精乃大補之丸，一顆能增長五十年功力呢！

魔界裡寶物不少，但寶物周遭總有危險的禁制或魔獸看守，單憑她的修為難以破解，就算能闖進去，也會驚動他人，若給自己和月寶招來麻煩，劍仙可饒不了她。

這種吃力不討好的事，交給有能力者去擔就好了，正好有個現成的替罪羊殷澤，讓他去擔這個責任，就沒她肖妃什麼事了。

因此當殷澤隔日又拿了三顆珠子來時，肖妃瞪得眼睛都凸了。

三顆！他居然找到三顆！

她想伸手去拿，但殷澤收起掌心，另一手比出三根指頭。

「三次。」他正色道。

肖妃咬著唇瓣，想答應卻很猶豫。這廝做起這檔事來，既強又持久，她昨日與他酣戰一番，今日腰還在痠疼呢。

可那三顆亮晃晃的珠子，既圓潤又有光澤，品質很好，令她忍不住吞嚥著口水。

「你去哪兒找來的？」她在魔界要找到一顆就很難了，這廝居然一找就是三顆。

「去狼族那邊搶來的。」殷澤一臉正經地說謊。跟段慕白那廝混久了，學到臉不紅氣不喘的精髓。

狼族勢力龐大，蒐集的寶物自然很多，憑殷澤的實力，確實是有這個本事。

肖妃聽到狼族，便打消了自己也去找找的念頭，對魄精的渴望終究戰勝了猶豫，牙一咬。

「成交！」

殷澤立即打橫抱起她，準備找個地方去開吃。

他精力旺盛，能衝進敵窟不眠不休地斬殺一個月，一天做一次哪夠，況且先前兩次都在摸索，根本無法盡興，嚐到了滋味也有了經驗，自然是想要更多。

他天分高，本就能無師自通，昨日回去後又惡補了一下，今日立刻來付諸行動。

一次哪夠？最少得三次才行。

肖妃本以為他要找個山洞來行事，卻被他帶到了一處沼澤地。

沼澤裡充滿著魑魅魍魎，水裡有鱷魚，樹上有蛇，都是尚未成人，卻已經成精的魔獸。

肖妃繃緊了神經。「你開玩笑嗎？在這裡？」

魔獸沒人性，逮著機會就會攻擊，挑這裡辦事，他不怕命根子被吃掉，可她還要自己的命呢。

殷澤抓住她想要離開的腳踝，那雙小腳又細又嫩，握在掌心裡揉搓著。

「有他們在，這裡不會有人來，最適合辦事。」他手一揮，在兩人四周布下結界，那些魔獸進不來，當然，她也逃不出去。

肖妃腳踝被他牢牢握住，往他那兒一拉，人就滑到他身下。

看著他如一頭黑豹匍匐前進，來到她上方，那雙眼也如豹盯準獵物一般，閃爍著深沈的詭光，令她突然頭皮發麻。

她怎麼有即將被人吞吃入腹的感覺？

肖妃告訴自己，她怕什麼？這廝才剛開葷，食髓知味在所難免，不過就是男人急色罷了。

想到那三顆珠子，不虧。

她讓自己放輕鬆躺著，一頭長髮鋪滿地面，半瞇著勾魂眼睨他，似邀請又似挑釁，嫵媚得不得了。

想吃，就自己動手，她懶得伺候。

殷澤扒開自己的上衣，露出精壯的胸膛，再往下把褲子一撕，露出那早已昂揚挺立、蓄勢待發的慾望。

前兩次他沒有技巧，也沒有章法，甚至有點急就章，但這一回，他卻放慢了速度。

當他用手一件一件地卸下她的外裳、襯衣、肚兜、裙子……彷彿給肖妃一種錯覺，他好似在給獵物拔毛剝皮，等著下鍋烹煮，拆吃入腹，讓她眼皮直跳。

肖妃的預感是對的。

這廝是在摩拳擦掌，腦子想了一夜要從哪裡下嘴吃她，才下廚兩次的燒火小弟，第三次就決定當大廚，要將她煎煮炒炸，每種做法都吃一遍。

時而慢火燉熬，時而急風驟雨，先是正面來一遍，接著背面來一遍。

肖妃氣炸了，這廝沒完沒了，什麼姿勢都試過了，才把精陽洩給她，而且這還只是第一次。

這樣下去還得了，光是一次就幾乎把她的精力榨乾，任由男人如此採陰補陽下去，吃顆魄精都不夠回本。

第二次開戰，她主動出擊，好教男人知曉，薑還是老的辣！

當肖妃還是未成人形的鞭精時，有一屆的女主人是禍國妖姬，她吸收了妖姬的氣，習得她媚惑男人的高明手段，全用到殷澤身上。

她把前戲做足，直攻男人的敏感處，果然讓殷澤那一根又硬又長的傢伙，在戰場上逞不了太久的威風，終究成了繞指柔。

第三次精力有限，不宜持久戰，必須速戰速決，免得彈盡糧絕後任人宰割，於是她使出了殺手鐧，好教小弟弟知曉，姊姊也是會吃人的。

殷澤悶哼，接著一陣低吼，躺在地上喘息，不敢置信地瞪著她。

肖妃居高臨下地睥睨他，伸手抹去嘴邊殘留的汁液。這最後一次，她只花了不到一刻，就讓他的小弟弟棄械投降，讓她吃個飽，一滴都不浪費。

哼，跟她鬥？在這件事上，他還差得遠呢！

肖妃帶著她的驕傲，以勝利之姿離開了沼澤地。

雖然這場她戰勝了，但卻是險勝，回到屋子後，她在床上躺了三天。

都說開葷的男人如餓死鬼投胎，真是一點都沒錯。肖妃揉了揉腰，幸好她是鞭靈，身子的柔軟度極好，才能忍受那廝的折騰。

這回的過招讓肖妃知曉，她低估了殷澤。

在他面前，自己實在太渺小了。

有了自知之明後，當殷澤再度帶著魄精來找她求歡時，她拒絕了。

殷澤的臉色很陰沈，但肖妃不怕他，大不了躲起來不見他，任憑月寶如何喚她，她就是不出來。

月寶只能膽戰心驚地看著殷澤陰沈的臉色，委婉地告知。

肖妃不怕，她和殷澤都是段慕白的契靈，而且月寶是段慕白的心頭寶，他要是敢傷害月寶一根寒毛，段慕白那裡就吃不完兜著走。

最後，殷澤什麼都沒說，沈著臉走了。

月寶這才鬆了口氣。

事後她問肖妃。

「怎麼你倆談情說愛，像在打仗一樣？」

肖妃卻露出不可思議的表情。「妳哪隻眼睛看到我跟他談情說愛了？」

不愛卻做得那麼激烈？肖妃身上的青青紫紫，月寶可是見識過的，尤其每回肖妃被殷澤餵飽後，那骨子裡散發的柔媚春水，與她有著血誓的月寶都能感覺到，就好比月寶每回被段慕白疼愛時，肖妃也能感覺到。

契靈不懂愛，也不需要愛，強者才能掌控一切。

從這天開始，殷澤幫段慕白傳話給月寶後，說完就走，再也沒有提出見肖妃的要求，他又回復到那個冷漠無情的噬魔劍，彷彿他與肖妃之間的激情，不過是滿足慾望的交易罷了。

第七章

魔界暗流湧動，魔君與妖君秘密共商大計，怕是又有一番風雲再起。

段慕白得到線報，知道時機已到，也是他該行動的時刻了。況且再不把他的月寶接回來，她肯定不會自己乖乖回來。

同時，肖妃也收到段慕白的命令，知道這次護著月寶回魔界的任務，總算快結束了。

既然離開魔界在即，怎能不趁此多搜刮一些寶物呢？但她忽略了一件事，她負責保護貌美如仙的月寶，卻忘了自己也是別人眼中的寶。

魔君麾下總有人為了往上爬，想盡辦法邀功，獻上寶物來討好魔君。

肖妃不但是兵器靈，還是個大美人，曾被魔君讚美，只因她已經有主，是劍仙的契靈，魔君便沒動她，因此有人體察上意，動了歪腦筋，欲將她抓來獻給魔君暖床。

肖妃遇襲，陷入敵人包圍中，對方為了抓她，竟是派出百來人圍困她。

魔君手下亦不乏能人，肖妃陷在陣中，支撐得有些吃力，加上這些人有備而來，打算利用人海戰術來困住她，就等她疲憊時，一舉活捉她。

一把利劍破空而至，破了對方的陣法，打亂對方的陣形，繞了一圈後，回到主人的手上。

噬魔劍殷澤盤腿坐在大石上，身旁一把劍釘在地上，他的出現讓所有人停下動作，安靜得連根針掉下來都聽得到。

眾人打得正歡，殺氣正盛，領頭者被人打了岔，正想破口大罵哪個找死時，一見到殷澤，渾身火氣立即煙消雲散，一口氣卡在喉間，就這麼僵著。

欺弱畏強，不管到哪兒都是一樣的。

如今劍邪大人雖是劍仙的契靈，但那邪性還在，一身煞氣依然令人膽寒。

曾經有人狀告到段慕白那兒，要他管管他的契靈，劍仙卻只是攤手道：「本仙只管他不毀天滅地，不大鬧仙界，其他的愛莫能助。」

從此以後，眾人便知曉，劍邪就算成了段慕白的契靈，若是你惹到他，他也照砍不誤。

就不知這位神龍見首不見尾的劍邪大人，突然出現在這裡，是為了什麼？

肖妃見到殷澤，內心鬆了口氣。就算她平日與殷澤不對盤，但是面對敵人時，殷澤當然算自己人。

她立即躲到殷澤身後。「快，宰了這些人。」

殷澤瞥她一眼。「本君為何要宰了他們？」

他的意思是，為何他要聽她的？但肖妃以為他在問原因。

「他們欲抓我獻給魔君。」光是這個理由就足以將這些人大卸八塊，永不超生了。

「哦？」

哦什麼哦？

肖妃瞥了他一眼，卻見他仍舊不動，這才看出問題，立即冷下臉。「你要見死不救？」

他挑眉。「想要我救妳？」

她更正。「是幫我。」

「幫妳可以，得有條件，本君替妳趕走他們，但原先遇人說我怕妳的這個誓言作廢。」

肖妃美眸一瞪。「你這是乘機勒索！」

「這是交易，本君不做賠本的事。」

肖妃氣炸，沒想到這廝也會趁火打劫，若是平日，她肯定甩頭就走，拒絕勒索，但這次不同，要是落到魔君手上，那可不是開玩笑的。

算了，不過一句誓言罷了，又少不了一塊肉。

她遂咬牙道：「成交！」

她一同意，殷澤便慵懶地站起身，原本黑色的眼瞳，驀地轉為紅色。

「滾！」

這一聲怒斥，挾帶著排山倒海的威壓，驚得那些魔族人紛紛拉起靈罩，趕忙抵擋，上百魔兵如潮水般傾刻間退去，竟是逃得一個都不剩。

肖妃見那些人跑了，氣得跳腳。「你怎麼不殺了他們？」

竟然只是動動嘴皮子趕人而已，連出劍的力氣都不花一分。

殷澤冷道：「本君只說幫妳趕人，並未說要宰了他們，更何況此時不宜驚動魔君，莫忘記段慕白叮囑咱們要低調行事。」

也不待她回答，殷澤說完就走。

肖妃氣呼呼地看他離去，也轉身走人，心想這廝肯定是在記仇，自從自己拒絕他後，他便沒再糾纏，就算出現也只是找月寶傳話，她便只當兩人不過春風一度，如此而已，便也沒多想。

沒想到，這廝趁她受困之際，乘機敲詐，把那誓約給作廢了。

現在想來自己這回虧大了，她都沒機會在人前讓殷澤當眾承認他怕她呢。

肖妃氣呼呼地走了，卻不知殷澤離開後，卻是去追擊那些魔兵。

殷澤將他們打得滿地找牙，跪地求饒，他沒有殺了他們，而是丟下一句警告。

「肖妃是本君的女人，誰敢動她，本君就讓他魂飛魄散，超生不得，明白嗎？」

與其殺了這些人，不如震懾他們，放話出去，免得再有其他人不知死活地打肖妃的鬼主意，這比殺了他們更有效。

肖妃不知自己身上被烙下「殷澤的女人」的印記，有了今日的教訓後，她行事起來更加謹慎，避免單獨行動，儘量與月寶和陌青愁在一起。

魔君與魔后之間的摩擦越來越多，兩大勢力明爭暗鬥，而月寶與陌青愁屬於魔后的人馬，在這場爭權奪利中，兩方人馬打了起來。

肖妃遇上的對手是魔君麾下四大將領之一的厲武大人，孟魁。

厲武這個職位專門掌管魔宮禁衛，孟魁能夠得到魔君的重用，成為掌管魔宮禁軍首領，皆因他是在兵器譜上排名第五的兵器靈。

因此肖妃對上孟魁，打得十分吃力，所幸厲武的手下不知在他耳邊說了什麼，令他面色一驚，放棄與肖妃的打鬥，急匆匆地走人。

肖妃在厲武走後，努力撐住身子，待走到無人處時，這才撫著胸口，知道自己受了點內傷，得趕緊回去運功療傷。

忽然，身後傳來異樣，肖妃心中一驚，想也不想地回身一拳打去，拳頭正好落入厚實的掌心裡。

「妳受傷了？」殷澤擰眉，盯著她唇邊的血。

肖妃見到是他，鬆了口氣，冷哼。「小傷罷了。」

殷澤突然扣住她的手腕，肖妃眉頭大皺。「做什麼？」

一股靈力從她的手腕強勢侵入，在她體內循環一個周天後，不待她掙扎，殷澤已經放開她的手，臉色也沈下來。

「段慕白有任務交代，妳現在受了傷，如何完成？」

肖妃面對他的責難，心裡犯堵。在他面前，她本就好強，從來不肯在他面前示弱認輸。

「這是我的事，我自會想辦法達成。什麼任務？」

「這可不只是妳的事，事關妖魔兩界大事，搞砸了，妳擔不起。」
談到正事，肖妃也知玩笑不得，抿了抿嘴，問道：「可有聚元仙果？」
「哼！聚元仙果千年結一次果，豈是那麼容易獲得？上次那一顆，還是本君搶來的！」
肖妃聽了一愣，不待她細想，殷澤不耐煩地向她伸手。「一顆上品靈石。」
她又怔住。「幹什麼？」
「本君的真氣賣妳，一顆上品靈石，要不要？」
她瞪大了眼。
「瞪什麼瞪？別以為本君的真氣可以每次都白給，親兄弟也要明算帳，若不是這次事態緊急，看在妳我同為劍仙的契靈，算妳一顆上品靈石已是便宜了，可別得寸進尺。」
誰得寸進尺了！還有，她有說要他的真氣嗎？
她本想拒絕，但瞧見他一副吃虧的模樣，彷彿妳若拒絕，便不是我的責任的表情，她便不服氣了。
「一顆下品靈石！」

輪到殷澤厲眼瞪她。

「咱們同在劍仙手下做事，本就該互相照應，魔界的情況你又不是不知道，三天兩頭的哪兒不打仗？我受這傷還算輕，換作他人可就倒地不起了。既是為劍仙做事，就不該分得這麼清楚，你既知事關妖魔兩界大事，更得助我，如此計較哪能成大事，若是傳到劍仙耳裡，知道你能幫卻不幫，本妃就不信，這責任你擔得起。」

開玩笑，談買賣哪有不殺價的！

肖妃從前一人闖蕩久了，能活到今日不容易，論口舌之利，這廝還差得遠呢！

輸人不輸陣，輸陣也不能輸掉銀子！

靈石是仙妖魔三界的交易銀子，比人類的黃金珠寶還值錢，上品靈石可以換一百顆下品靈石，他一開口就想訛她一顆上品靈石，哪有這麼便宜的好事，她肖妃可不當冤大頭。

她拿出上陣殺敵的氣勢跟他討價還價，最後以五顆下品靈石成交。

看他一臉不甘心，怕他反悔，她先下手為強，將他撲倒在地，堵上他的嘴，不讓他有機會說出拒絕的話，用靈活的唇舌撬開他的牙關。

用力吸！

殷澤躺在地上，看似被她霸王硬上弓，但一雙眼卻燃燒著慾火，他的手指動了動，最後握住拳頭，忍住想抱住她的衝動，而他的下面早在她吻住他的那一刻就硬了。

他一腳彎著膝蓋，卡住她的身子，避免兩人下身貼近，不讓她發現自己的反應。

他閉上眼，細細感受她的小舌有多靈活，多麼軟，多麼……清甜。

上回被她拒絕後，他的驕傲不容許自己向她低頭，卻又憋著一股火。

一想到她的味道，他便夜晚慾火難耐，偏又瞧不上其他女人，不肯屈就。

他想要她，但又拉不下臉，更不屑霸王硬上弓，那是沒本事的男人才幹的事。得讓她求他。

幾次過招後，殷澤明白一件事，要她服軟，得繞著來。

當瞧見自己胸膛上被她劃出的五條線時，他猛然靈機一動——這五條線是每次歡愛後，她在他胸膛上留下的血痕，只因她把這些當成了交易。

既然她喜歡做交易，他便用交易來吸引她，於是便有了昨日與她交換條件的嘗試。

當她與厲武對招，陷入危機時，他及時將厲武引開，以渡真氣來做交易，果真一試就成。

五顆下品靈石換她又軟又靈活的小舌來作妖，太划算了！

殷澤努力穩住自己的氣息，強壓下撲她在地的衝動，為了不讓她發現自己已一柱擎天，還故意沒耐性地動了動。

他的臉才剛往後仰，那小嘴立即追上來，兩隻細嫩的藕臂還圈住他的脖子，一副能吸多少就吸多少的貪婪樣。

殷澤愛死她這占便宜的性子。

不能一次餵太飽，得吊著她的胃口，先養著，後面才有得吃。

殷澤切斷真氣，垮著冷臉，一副吃了大虧的模樣，換來她得意地舔舔嘴。

他想強要她時，她躲得遠遠的，可是當他表現得對她失去興趣，她反倒願意接近他了。

殷澤學得很快。

「夠了吧，快把妳的內傷修復好。」他一副不耐煩的樣子。

肖妃吸飽了，心情很好，不跟他計較，立即坐下來打坐運功。

她閉上眼，享受這種靈力充盈的感覺，也不擔心有人會來打斷她，有殷澤在，她相信自己絕對是安全的。

在她閉目運功時，不知一旁的殷澤正肆無忌憚地盯著她，目光灼熱，待她運功療完傷，回過頭，便見到冷冰冰的男人不耐煩地問她。

「好了沒？」

她神清氣爽地站起身。「行了。」她吸飽了，也不跟他計較他那張晚娘面孔。

「劍仙交代什麼任務？」

「跟我來。」

他轉身便走，她也只好跟上。

殷澤帶她去的地方，竟是魔宮。

魔君的宮殿禁衛森嚴，四處都是魔君設下的禁制，以肖妃的實力，是不敢擅闖魔宮的。

肖妃急忙拉住他。

「來這裡做啥？」

殷澤偏頭，瞧了她拉著自己的衣角一眼，冷道：「怕了？」

她冷道：「本妃不是怕，是謹慎。」

他突然大手一伸，牽住她的手。

「幹麼？」

「若想不被人瞧見，就別放開。」

殷澤從衣領內翻出一塊綁著黑石的項鍊，往那黑石一摸，一層靈罩將兩人籠罩，有了靈罩之後，兩人如入無人之境，巡視的魔兵明明從他們眼前經過，卻彷彿看不見他們。

靈罩能屏蔽他人的眼，隱藏自己的身形，還能掩蓋氣味。

肖妃恍然大悟，原來這就是他在魔界來去自如的原因，他身上戴著能屏蔽他人視線的法器。

她嫉妒死了。

進了魔宮後可不是開玩笑的，她跟緊殷澤，將他的手抓得很緊，殷澤牽著她走在前頭，在她沒看見時，嘴角勾起了笑。

肖妃是第一次進魔宮，不免好奇，況且有殷澤在，她膽子也大了起來，頗有在魔宮逛大街的感覺。

她東瞧西看，最後忍不住拉拉他。

殷澤停住腳步，回頭看她。

「反正都進來了，順道撈些法寶回去如何？」她的目光晶亮，笑得有些賊。

這勾人的表情讓殷澤的手有些癢，很想去摸摸她的臉，但想到今日的目的，他忍住了。

「不行。」

她垮下臉。「為何不行？」

「放置法寶之處皆設有封印，破解封印肯定會驚動魔君，到時引來大批魔兵，就算能突破重圍，那法寶也有主人的契印，要抹去主人的契印，必須比主人強大，這魔宮裡的法寶都是魔君的。」

他居高臨下地睨她，語帶嘲諷。「妳覺得，妳有能力抹去魔君的契印？」

答案是不能。

殷澤牽著她，繼續往前走。

肖妃抿了抿唇，入寶山卻空手而回，教她如何甘心？

但殷澤說的是事實。

肖妃忍不住又問了一句。「以你的能力也抹不去？」

「本君當然能抹去。」

「那你幫我抹去不就得了？」

殷澤停住腳步，回頭看她，擰眉。「要我幫妳？」

她討好地點頭。

「不行。」

她臉色一僵，心中暗罵他小氣，若不是怕被人發現，早把他的手給甩掉。不能甩，那就用力握，但她那點力氣對殷澤來說根本不夠瞧，她握得越緊，他越滿意。

她的手又細又嫩，他還記得有一回兩人歡愛時，她就是用這雙巧手去伺候他那兒的。

想到此，殷澤下腹又是一緊。

他對她，果然興趣很高。

殷澤能成為兵器譜第一的兵器靈，除了武學天分之外，亦是個執著的人。

對事如此，對人亦如此。

只要他看對眼，不是你要不要，只有他想不想的問題。一旦鎖定目標就是一條路走到底，即便撞得頭破血流也不回頭。

一如當初，世人只當段慕白打贏他，將他收服，事實上是即便他輸了，若是他自己不肯，寧可斷劍自絕，或是被永久封印在黑暗裡，也絕不做劍仙的契靈。

他肯做劍仙的契靈，是他欣賞對方。

對肖妃，他也同樣存了這種心，既然看上眼，除非他厭倦了，否則他的字典裡沒有放棄這個詞。

他跟著段慕白修行，收斂不少魔性，不像百年前那樣遇神殺神、遇佛殺佛，他的魔性還在，只不過學會了自我掌控，不受魔性驅使。

他看著她，就連她生氣的樣子，他也喜歡看。

「把我的手掐得這麼用力，妳就不怕我丟下妳？」

「怎麼會呢？劍邪大人連浴血都不怕，我這小小一掐，不過是小兒使性子，您哪會在意呢？」

連口是心非的樣子都這麼有趣迷人。

段澤瞧在眼裡，似乎更加明白段慕白為何喜歡逗月寶，有個女人來捋虎鬚，確實是有點意思。

兩人便這樣牽手逛著魔宮，一路鬥嘴。

肖妃瞧他帶自己逛了半天，卻不知到底要做什麼，不免狐疑地問：「咱們來魔宮，到底是要執行什麼任務？」

任務是勾引妳。

殷澤當然不會這麼說，他一本正經地指著前方。

「任務是他。」

肖妃順著他手指的方向看去，瞧見了孟魁。

「他？」肖妃感到意外。「找他做啥？」

肖妃受的內傷，就是孟魁的傑作。

殷澤突然將頸上的隱形法器摘下，戴在她的脖子上，同時施術在兩人周圍畫了一圈，便放開她的手，丟下一句。「待在圈子裡。」不管她同不同意，大步跨出了圈子。

肖妃摸著掛在頸上的黑石，想跟上他的腳步，卻發現前面有一道牆擋住，這才知道原來他設下結界，將她困在圈子裡。

肖妃火大，這廝未經同意就把她關起來，她若要破解這個結界，必得花費一番功夫，到時弄出大動靜引來魔兵，得不償失。

她雖不悅，卻也只得忍著，眼睜睜看著殷澤走向孟魁。

孟魁適才收到手下的通報，說魔宮裡出了刺客，便帶人急急趕回，但是一回來卻又沒瞧見任何異樣，正在審問那通報的手下。

這手下卻突然失去記憶似的，完全不記得有這回事，直說不知道。其實這手下是中了殷澤的法術，這法術有時效性，待失效時，當事人便什麼都不記得。

孟魁氣得打了那人一巴掌，將對方給打暈了，便命令道：「拿水潑醒他！」

手下們正要領命，但一瞧見由遠處走來的殷澤，立即瞠目結舌地張著嘴。

孟魁正要斥罵手下還等什麼，見了對方的表情，立即回頭瞧，當瞧見殷澤站在自己身後時，那表情也跟手下如出一轍。

不過孟魁畢竟身為厲武大人，在手下面前得要面子，在一時的震驚後，很快鎮定下來，拱手恭敬道：「劍邪大人，來此不知有何指教？」

「本君來此與你過招，出招吧。」

孟魁愣住，一時腦筋轉不過來，待意會過來殷澤的意思是要找他單挑時，整個人都不好了。

向來只有排名低的人向排名高的人挑戰，目的是為了晉級，而排名在上的兵器靈，根本不需要向比自己排名低的兵器靈挑戰。

殷澤是兵器之王，他占了第一，沒人敢跟他爭，畢竟他的實力擺在那兒，連魔君和妖君都對他忌憚三分，更何況是其他人。

孟魁突然收到殷澤的挑戰書，何等吃驚，但是手下都在看，他還得努力佯裝冷靜。

他拱手道：「敢問劍邪大人，是否我的手下中有人得罪了您？」

劍邪已經許久不作亂，有了劍仙的制約後，平日只要不犯他，他便不會亂殺人，但突然找上他，肯定是有人得罪了劍邪。

「的確有人得罪了本君。」

孟魁聽了，暗暗鬆了口氣，同時惡狠狠瞪了一干手下，正色道：「請大人告知此人是誰，晚輩必將此人揪出，任憑大人處置。」

「既如此，那便拔刀吧。」

「劍邪大人？」

「得罪本君的人，正是你。」

孟魁愣住，正想否認，但殷澤卻不再給他廢話的機會，劍鋒直指他的腦門，孟魁及時閃身，劍氣掠過他臉邊，在身後炸開，竟是將一座鐘鼎劈成兩半。

「等等，劍邪大人！」

劍鋒一旋，劃出雷霆之光，逼得孟魁不得不出刀抵擋襲面而來的劍氣。

他排名第五，平日在他人面前也是呼風喚雨的厲害，但是到了殷澤面前，也只是比他人多撐了一刻，便被打倒在地。

殷澤收手。「今日比試，到此為止。」說完後，人就這麼走了。

在他走後，孟魁艱難地爬起來，半跪在地上，狠狠吐了一口血。一旁的手下終於回神過來，急急去扶他。

孟魁吃了敗仗，一肚子火氣，但身子搖搖欲墜，連氣都換不上。

他心知殷澤今日是手下留情了，也不知自己是如何惹到他的，回去定要好好審問，看是哪個蠢貨得罪劍邪，讓他拿自己開刀。今日這筆帳，定要叫那蠢貨付出代價。

肖妃待在結界裡看完了戲，心下思忖，沒想到孟魁在殷澤手下，也只能撐一刻。

殷澤走進結界，很自然地牽住肖妃的手，帶她離開。

而在他人眼中，殷澤便如突然消失一般。

肖妃奇怪地問：「找孟魁挑戰就是劍仙交付的任務？」

殷澤沒看她，只是冷冷回答。「他欺妳，本君自然要欺回來。」

肖妃拉下臉。「誰要你幫忙？這筆帳，我自己會討回來。」

殷澤也拉下臉。「妳還敢說，連這種貨色也打不贏？簡直丟我的臉。」

肖妃瞪他。「我打輸他關你什麼事？」

他瞪回來。「妳我都是劍仙的契靈，對外，咱們就是同一個陣營，妳輸了，怎麼不關我的事？」

肖妃不服氣。「我又不是故意想輸，他以強欺弱，我能逃掉就算不錯了。」

「所以我以牙還牙，這不就把場子找回來了？」

肖妃覺得有理，但想想又覺得不太對。「難道每次別人欺我，你就要欺回來？」

「笨，妳不會報我的名號？」

「我為什麼一定要報你名號！」

「這叫借勢，妳以為那些仙君看我大搖大擺在仙界溜達，不想封印我嗎？那是他們不敢得罪段慕白，這就是借勢，明白嗎？」

「我懂了，打狗也要看主人嘛！」

「妳罵我是狗？」

「我這是比喻，你硬要想歪，我也沒辦法。」

他突然停住腳步，陰惻惻地盯著她。

「幹麼？」她退後一步，警惕地看著他，但手被他抓著，也退不到哪兒去，被他大掌一拉，人便撞進他堅硬的胸膛，隨即被他掐住了脖子。

「膽肥了？這世上還無人敢當著本君的面罵本君是狗。」

肖妃掙扎，心裡也不免後悔，就算要罵，也不該挑這時候，耍嘴皮子是痛快了，卻把自己送上門讓人掐著。

她抿住唇，本以為會挨一頓揍，但拳頭沒來，小嘴卻是被他咬了下。

她瞪圓了眼看他。

「妳個沒良心的，白白浪費本君一頓真氣，把真氣還來！」咬牙說完，作勢要堵住她的嘴。

肖妃信以為真，急得把臉轉開。

「這是我用靈石買的，哪有拿回去的道理！」她的臉左閃右躲，就是不肯跟他對嘴。

殷澤嘴上說要把真氣吸回，卻頻頻對不上她的嘴，倒是在她臉頰、耳垂以及脖子上親吮了好幾次，還留下不少吮痕。

要不是因為感覺到他的怒火，不然肖妃都要懷疑，他是不是在藉機親她？但瞧他陰沈的臉色又不像。

最後這事不了了之，肖妃也懂得見好就收，不敢再惹他，畢竟真氣寶貴，她一點都不想還。

在她慶幸自己保住真氣時，沒瞧見殷澤偷偷舔了舔唇，眼中哪有怒火，只有慾火。

第八章

段慕白將月寶帶離魔界，走的時候，她放心不下在魔界時的後宮，她握著肖妃的手，一副想哭又捨不得地對她叮囑。

「妳一定要好好安置我那些男人呀，他們長得又美又英俊，離開了我，恐怕會有人打他們的主意，千萬不能讓他們落入醜女人手中啊……」

肖妃看著月寶，實在很想告訴她，就算她私下背著段慕白偷偷交代自己一些真心話，也別以為段慕白聽不到。

事實上，主人可以透過契靈，看想所看，聽想所聽，肖妃到現在都不敢告訴月寶，段慕白正透過自己的眼睛看著她，透過自己的耳朵聽著她為後宮那些男人擔心，句句皆是不捨。

碰上像段慕白如此強大的男人，月寶這輩子是別想逃離他的手掌心了。

可憐！

肖妃那沒什麼男女感情的心，難得為月寶擠出一絲類似的感情，叫做同情。

她一心求強，為的就是能逍遙自在，不受他人束縛，月寶本是魔界的黜使大人，本名魄月，一朝惹上了劍仙，就此種下了感情債，付出了性命，之後被段慕白重新造命，成了蓮花仙子月寶，一身魔功修為盡失，一切得重新開始。

還是可憐！

「妳放心，本妃會好好安置他們。」肖妃照著段慕白的交代答話。

看著月寶依依不捨地離開，肖妃才感覺到自己身上那一絲段慕白的靈識也消失。

依她看，這次月寶回到望月峰，今夜肯定別想睡了，段慕白那廝一定特別地疼愛月寶。

在段慕白與魔君立了新的血誓，兩人達成秘密協議後，肖妃和殷澤被任命留下來處理善後。

肖妃瞟了殷澤一眼，見他還是那張令人畏懼的表情，她說道：「你若是嫌這份差事大材小用，可以不必出面。」

其實她真不明白，處理後宮男人如此簡單的事，段慕白居然也交代殷澤留下來，豈不是浪費人力嗎？

最讓人意外的是，殷澤本人對此居然毫無異議？這可不像他。

自從來到望月峰，她私下聽了不少殷澤與段慕白之間相處的事蹟。

望月峰那群又呆又純真的仙獸們，每日都會天真地說著劍仙和劍邪之間發生的事，這兩人間並非主人與奴才那般相處，相反的，有時候殷澤脾氣可大著呢，做主人的段慕白反倒讓著他、哄著他，從來不對殷澤發過任何脾氣。

若是不知曉這兩人關係的外人，可能還會以為殷澤才是主人呢。

這倒是與她在望月峰秘境所聽到的不謀而合，段慕白對待契靈，從不把他們當奴才看。

也因此在聽到段慕白命令殷澤留下來處理月寶後宮那些面首時，肖妃等著他大發雷霆。

「知道了。」

當時，殷澤只有這麼一句，讓一旁的肖妃詫異之下，多瞧了他幾眼。

她心想，難不成劍仙留他下來，是要滅口？

很有可能！

肖妃心中一沈。她非常清楚，段慕白平日看著好相處，但若以為他真如表面那麼好，那就大錯特錯了。

劍仙之名震懾三界不是沒有道理的，殷澤或許可怕，但能夠將他收服的劍仙，才是真正的令人畏懼。

肖妃雖是段慕白的契靈，但她本出自妖界，妖魔兩界如同兄弟，要她眼睜睜看著魔族的男人被斬殺，心裡不是那麼願意。

雖然他們妖魔兩界也時常互相殘殺，但那是弱肉強食，各憑本事，這些後宮男人都是月寶親自收下的美男，他們平時並不作惡，性子還討人喜歡。更重要的是，他們的人身都修得很好，對於擁有高度審美觀的肖妃來說，殺了他們，簡直暴殄天物。

這也是為何離開段慕白的視線後，她故意想支開殷澤。

「不必，既然劍仙交代了，本君自是會處理這些男人。」

果然如此！

肖妃忍了忍，本著殺了可惜的審美心態，終究是捨不得這些美男化為屍骨。

「不勞您大駕，把這些美男留給本妃吧。」

殷澤頓住，那雙墨眸直直盯住她，察覺到她眼中的貪婪。

「妳要收了他們？」

「不錯。」

一股陰暗危險的情緒在殷澤胸口緩緩滋長、蔓延，直至壓迫，他幽暗的目光掃向院子裡排排站的男人。

這些面首姿色各異，斯文的、儒雅的、可愛的、風流的、妖豔的，有些甚至比女人還美。

但在殷澤眼中，這些男人修為太低，靈根不足，資質太差，都是一群早該被淘汰的弱者，死不足惜，唯一的用處，就是拿來當修煉的爐鼎。

他知道肖妃想變強，從他注意這個女人開始，就一直默默看著她努力不懈，而她蒐羅法器，貪圖他的真氣，全都是為了讓自己變強。

她想收下這些面首來當爐鼎，吸收他們的精陽，充足自身的靈竅，無可厚非，也是最快的辦法，這事在妖魔兩界，是再正常不過的事了。

可是，他不允！

一想到她要用她的丁香小舌去撬開他們的嘴，吸吮逗弄，或是用她那靈巧的十根手指去揉搓摩擦，甚至用她那緊窒窄小的花徑，去套弄各式各樣的陽根……

殷澤想不下去了，他生出一股暴虐殘忍的怒火，企圖焚毀一切，而他已經這麼做了。

當他一身殺氣挾帶著衝天烈焰襲向那群男人時，早有準備的肖妃及時擋在他們面前，升起靈盾擋住滔天怒火。

她拚盡全力抵擋，甚至不惜犧牲肉身，為了撐住靈盾，她的靈力快速流失。

衣裳燒焦了，長髮燒殘了，她粉嫩如玉的肌膚在烈火的熾烤下，以肉眼可見的速度，一塊一塊地焦黑炙爛，並開始見骨，將她絕代風華的美貌烤得一絲不剩，眼看著就要燒到她的靈根了……

毀天滅地的烈火突然熄滅。

殷澤臉色陰沈地盯著她。

她全身被燒得殘破不堪，焦黑見骨的傷口還有殘餘的火紅，臉蛋被燒得面目全非，頭骨外露，那深凹的眼珠子卻依然不認輸地瞪著他，大有豁出去不要命的架勢。

就在肖妃等著他下一招時，男人卻猛然轉身就走，消失在眼前。

自認對殷澤的狡猾奸詐有足夠認知的肖妃，轉頭對身後的面首們命令。

「他肯定還在附近，小心有詐。」

身後一排臉色蒼白不一的面首們全都躲在她身後，誰也不敢在這時候貿然離開。在經歷過適才的驚險萬分後，他們已經明白自身沒有退路了。

他們的女主人離開後，已經無人可以護著他們，只剩這位女主人留下的契靈肖妃，願意拚死保住他們的小命。

多虧肖妃的靈盾護體，讓他們不至於死在劍邪的炙火之下，生在這吃人的世界……紅顏多薄命，放在他們身上，是一樣的道理。

肖妃為了抵擋殷澤的殺招，失去不少靈力，這時若是有其他妖魔鬼怪乘機襲擊，恐怕力有不怠。

為此，她必須趕緊運功療傷，恢復足夠的靈力。

她趕忙拿出上品靈石，補充靈力，同時心下咒罵殷澤不道德，害她損失三顆上品靈石，幸好，她先前霸占了他的隱形法器不還。

這顆能夠讓自己隱形的黑石法器掛在她脖子上後，她就默默收下了，只要他不開口討要，她就當自己忘記，完全不打算還給他。

吸飽了三顆上品靈石的靈力，讓她得以修復燒焦的外貌，恢復一頭長髮和光滑細嫩的肌膚，將自己打理好後，又在屋子四周設下禁制。

「你們也看到了，外頭有魔兵猛將虎視眈眈，內有劍邪心懷不軌，所幸他對我稍有忌憚，沒有趕盡殺絕，但不代表他今日放過你們，明日就不來。你們警醒點，別離開這屋子，我已在四周設下禁制，雖然敵不過劍邪，但應付其他魔兵還是綽綽有餘的。」

面首們原本惶恐不安，但在見到肖妃竟然為了他們拚死力抗劍邪，不禁為之動容，本已經不抱希望的心又死灰復燃。

想不到這世上除了豔使大人，還有一個叫肖妃的女子也願意拚死護他們周全。

肖妃沒去管這些男人的想法，對他們仔細交代一番後，便讓他們各自回到自己的院子。

布局好一切後，她回到寢房，打算整夜凝神打坐，運轉丹田，盡快吸收靈氣，將之轉換成靈力。

她盤腿坐在床上，正要閉目凝神，忽然美眸暴睜，殺意顯現。

「誰！」

她抄起棉被，將躲藏在絲被下的敵人揪出來。她指甲暴長，尖銳如針，指著對方的眼珠子，在僅存半吋的距離停住。

嬌人低呼一聲，臉色泛白，卻掩不住那一張天香國色。

肖妃看清對方的相貌，認出是面首之一，記得叫做……月嵐。

肖妃擰眉。「你在這裡做什麼？要不是本妃及時煞住，你這漂亮的眼珠子已經被挖出來了。」

月嵐雖受了驚嚇，但很快恢復鎮定，他這姣好的面容，最迷人的就是這雙會說話的眼睛，在肖妃輕斥的話語中，他抓住了「漂亮」兩個字。

「肖妃大人……」悅耳的嗓音在暗夜裡聽來十分有磁性，他的目光深邃而水靈，儼然天上的一輪明月。

「月嵐該死，本想給大人一個驚喜，卻讓大人受驚了。」

見他態度良好地認錯，肖妃也就不跟他計較了。

「你跑到這裡做啥？怕得睡不著？」

月嵐調整了姿勢，單膝跪在她面前，用誠懇而水汪汪的目光凝望她。

「月嵐是擔心大人的傷勢。」

就算擔心也別這樣悶不吭聲地嚇人呀！肖妃勾唇一笑，伸手，輕佻地勾起他的下巴。

「不打招呼就溜進來，本妃還當你是來侍寢的呢。」

月嵐目光一閃，立即順藤摸瓜地握住她的手。

「月嵐願意助肖妃大人修煉，供大人吸取靈力。」

肖妃怔住，她本是說笑，只因月嵐太俊美，因而起了逗弄之心，卻沒想到他會自薦枕席，甘願成為她的爐鼎。

「本妃只是說笑——」話語頓住，只因她的食指被他含在溫熱的嘴裡。

肖妃眨了眨眼，看著他親吻自己的手。說真的，這感覺並不討厭，也沒有被輕薄的不悅，因為他的模樣是如此認真、如此神聖，彷彿如獲至寶一般吮吻逗弄。

他一邊細細吻啜，一邊深情凝望，無聲的目光帶著邀請的蠱惑。

肖妃被他一雙水汪汪的俊眸瞅著，還真的開始考慮拿他來採補。

「你……」她才開口，突然被人打斷。

「等等。」

一名男子推窗躍入，衝到床前，單膝跪在地上。「吾亦願意伺候肖妃大人，求大人垂憐。」

肖妃再度眨了眨眼。「你是？」

「吾是沐水清，大人可喚我清清。」

肖妃還來不及開口，又有人闖入。「慢著！你們二人太奸詐了，怎麼可以瞞著大夥兒捷足先登！」

屋頂上也跳下一人。「是呀，說好要公平競爭的，你們這是作弊！」
「你不也來了？」
「幸虧我來了，要不然還被蒙在鼓裡呢。」
「哼，你也不遑多讓！」
「你們都一樣，沒資格說他人。」
又有人推門而入，一個、兩個——數一數，得了，全員報到，大家居然有志一同，不安分去睡覺，全擠到這兒來了。
肖妃眨了眨眼，鼻子嗅了嗅。
怪怪，這些美男英姿各異，各有千秋，唯一的共通點，都是沐浴過後來的，分明是洗香香後來勾引她。
他們群芳爭豔，都想來侍寢，這熱鬧的情景，不禁讓肖妃回憶起過往。
想當年，年輕的人類帝王，坐擁後宮群妃，三千佳麗就如那御花園的百花齊放，美酒、音律、歌舞、歡笑……那是多麼美好的年代。
如今後宮換成了男子，亦不輸給女子，十一位美男環繞，或立或坐，或臥或躺，簡直美得如一幅畫。

此時，肖妃用純欣賞的角度在看這些男人爭風吃醋的模樣。
大夥兒討論到最後，決定由肖妃來擇定順序。
肖妃的目光掃了一圈，採補的確是最快也最省事的修煉方式，更何況人家是自願的，她不禁有些心動了。
「既如此，那麼我——」
話未說完，屋門突然被大力推開，又有人不請自來。
殷澤大步跨入，走到屋內中央，大馬金刀地坐下，接著哐啷一聲，拔劍出鞘，誰也不看，就這麼拿著布擦拭劍身，那上頭還沾著血——新鮮的。
極度的安靜，極度的壓抑，原本香氣瀰漫又氣氛輕鬆的屋內，瞬間令人窒息。
肖妃瞠目結舌地瞪著他。這廝是哪根筋不對？挾怒帶凶地闖進來，又想幹麼！
殷澤擦完了劍上的血，眉眼不抬，只吐出一個字——
「滾。」
原本僵住的男人們瞬間動了，嘩啦啦地退出門外，一下子就跑得不見人影。
肖妃終於回過神來，氣得跳腳。「姓殷的，你什麼意思！」
殷澤抬眼看她，冷道：「妳不能採補他們。」

「我要採補誰，你管得著？」

「他們不適合妳。」

肖妃氣笑了。「適不適合，不試試看怎麼知道？」

「這些人當年都是月寶救回來的，在此之前，他們是別人的爐鼎，為了有助練功，他們被餵食丹藥，妳若是採補他們，小心走火入魔。」

肖妃怔住，繼而擰眉。

爐鼎被餵食丹藥這事她的確聽過，但會不會走火入魔，她卻是不知的。

殷澤說得嚴肅，讓她也不得不慎重起來，畢竟事關修煉，寧可信其有，也不可信其無，她能平安活到現在，除了努力，靠的還有謹慎。

思及此，她覺得還是打消念頭好了。不過話說回來，這廝去而復返，打的是什麼主意？

「你來只是為了告訴我這件事？」

殷澤看著她一臉戒備，心中不免有氣。

這個好色的女人，竟敢欲享齊人之福，若不是他擔心她，一直在附近盯著，恐怕就會見到群夫共侍一女的景象。

他殷澤叼住的肉，豈容他人分食？

她想採補，但那些男人全部加起來，哪裡比得上他一人？

他突然站起身，這動作讓肖妃驚得往後退一大步，就見他大步逼近，卻是越過她，坐在床上。

「本君向來討厭虧欠他人，傷了妳，我現在還給妳，要多少真氣，自己來取。」當然，若是想採補他也可以。

肖妃上下打量他，狐疑地問：「免靈石？」

「不取分文。」

知道他不是來殺面首的，肖妃暗暗鬆了口氣，既然他自己送上門來，她怎能不好好利用呢！

她走到他面前，高傲地說：「你的確虧欠我。」

殷澤表面冷酷，心下卻因為她的靠近而一顆心撲通撲通地跳。

「你這次傷我甚深，只用真氣償還哪夠？」

盯著她豔紅的小嘴，他感到喉頭乾渴，她嫌真氣不夠，正合他意。

「不然妳想如何？」她若想採補他，他給，只要她開口。

肖妃大聲道：「我要你立誓，絕不傷害本妃的面首。」

肖妃終究是放棄採補那些面首，卻也沒得到殷澤不殺他們的誓言。

昨夜，在她說出償還條件後，殷澤那一身煞氣大有立刻就去宰人的架勢，因此在他突然離開後，她急急追出去。

本以為他是去殺人的，卻發現他沒有動他們。

連續幾日，她都膽戰心驚地守著這些男人，提防殷澤回來傷害他們。

在提心吊膽了十幾日後，她發現什麼事都沒發生，而那廝也不知怎麼了，竟是不再出現了。

肖妃本想，若是那些面首再過來求著伺候她，她就明言拒絕，不過顯然她是擔心多了，那些面首大概是被殷澤一嚇，沒人再敢爬她的床，倒讓她耳根子清淨許多。

肖妃謹記月寶的叮囑，盡快安置這些男人。魔界不適合他們待了，因此她把這些男人全部帶往妖界。

依她看，狐族是個適合他們安身立命之地。

狐族的勢力跟狼族一樣龐大，狐族雖然狡猾多端，但他們愛惜美人。

不管是男狐、女狐，修成人身的他們都是俊男美女，只因他們天生媚惑，對人形的修煉天分比其他妖族更高。

狐族愛美，因此相較於修為的強弱，他們更重視外表，這些面首的俊美，肯定能得到狐族的喜愛。

果不其然，她的判斷是對的。

當她帶著十一位美男子進入狐族地盤後，他們優越的姿容果然贏得狐族的讚嘆和歡迎。

肖妃向狐族族長道明來意後，讓十一位面首自己去挑選想跟隨的狐女，狐女們則想盡辦法討好美男們，極盡誘惑之能事，遇上兩位狐女同時看上一人時，而美男子又不知該選誰，便以武力決勝負，贏的自然抱得美男歸。

不過，也有男狐來爭。

在一場誘惑、挑戰、博奕後，十一位面首全部有了主——八個跟了女狐，三個跟了男狐，總算是皆大歡喜。

肖妃幸不辱命，終於順利完成了任務。

第九章

其實在肖妃從魔界到妖界這一路上，出乎她意料地一路順利。

在魔界時，為了保護十一位面首，她在屋子四周設下禁制，日夜戒備，提防有魔族人上門挑事。

連續三日運功打坐，吸收足夠的靈力後，她便整裝出發，還將美男們扮成醜男，就為了避免引人注意。

好在一路順風順水，最後平安抵達妖界。

帶著一群秀色可餐的美男子是很累人的，勞心又勞力，如今任務達成，總算可以放鬆一下，因此在行經湖邊時，她一雙眼睛都亮了。

雖然平日可以用法術將自己打理乾淨，但若是能實實在在地洗一頓痛快的澡，還是比法術舒服百倍。

以往在湖裡洗浴，她都必須設下禁制，提防有人趁此偷襲，現在多了一個隱形法寶，省去被人偷窺的麻煩。

肖妃摸著掛在脖子上的黑石項鍊，啟動隱形靈罩，接著把自己脫個精光，撲通一聲跳下湖裡。

她像隻靈活的魚兒在水裡游，頓感無事一身輕。

自從陪月寶去魔界後，她有多久沒這麼輕鬆了？

她將自己從頭到腳梳洗一番，也不急著穿衣，反正沒人瞧得見她，便赤裸著身子上岸，找了塊大石頭，趴在上頭曬太陽。

太陽把大石頭曬得暖烘烘的，讓她冰涼的肌膚十分舒服。

她梳順一頭長髮，有時候趴著，有時候躺著，好不暢快。

肖妃眯了瞇眼，舒服得都快要睡著了。

猛然，她雙目暴睜，警戒地爬起身，環視四周，皺皺鼻子，仔細嗅了嗅——有血腥味。

她臉色一沈，施術穿上衣，循著血腥味去搜尋，同時運轉靈力，只要有不對勁便隨時出手。

尋了一會兒，終於在草叢裡發現了幾滴血，除此之外，再無其他。

或許是附近有什麼小獸經過，受了傷，留下殘血吧？

她放下緊繃的心，收回靈力，看看太陽，反正也休息夠了，便動身回仙界。

在她走後，樹叢中緩緩走出一道人影。

殷澤抹去臉上的鼻血，只覺得憋得難受。

自始至終，他都沒有離開過她。

在魔界時，他為她守著屋子，不讓任何人越雷池一步；從魔界到妖界，他也一路暗中陪伴，為她清掃妖魔鬼怪。

如今他也是看明白了，原來自己誤解了她，她並不打算收下那些男人當面首，早就計劃好將他們安置到狐族。

那一夜，是他衝動了。

原本他想找個機會跟她把誤會解釋清楚，哪想到會瞧見這令人血脈賁張的一幕。

隱形法器上頭蓋了他的契印，法器只認契印的主人，一來防止他人盜寶，二來就算被盜走，除非對方修為比他強，能抹去他的契印，否則得到後也是白費功夫。

肖妃能使用隱形法器，是因為他沾了她的血，融入自己的契印中，她才能使用。

也就是說，就算她隱形，他也看得到，而且鉅細靡遺……

該死的，他又流鼻血了。

這可惡的女人，他遲早讓她心甘情願地躺在自己身下。

肖妃回到望月峰，向段慕白回稟後，便去找月寶回覆她所託之事。

月寶知道那些面首有了歸屬後，心中的大石也終於落地。

為此，月寶為了獎勵肖妃，便向段慕白求了一個洞府，專門給肖妃閉關修煉之用。

望月峰的洞府有充裕的靈氣，在此修煉，效果是其他地方的十倍、百倍。

肖妃心喜，仙界的靈氣是別處比不上的，妖魔兩界雖也有洞府，但渾濁之氣居多，這亦是仙人總是壓在妖魔兩族上頭的原因，仙界占了地利呀。

妖魔兩界攻打仙界，便是貪圖其地界好，這就好比凡間的地界，越是肥沃的土地，蘊育出的農產就越豐富。貧瘠的人民食物欠豐，自然就想掠奪富庶之地，戰爭因此而起。

妖魔兩界最好的靈氣之地不多，大都被勢力龐大的幫派給占去，像肖妃這樣不參加派系的，只能靠自己修煉。

這是她頭一回有了自己專屬的洞府，也是她第一次深深覺得，當劍仙的契靈真的不虧，難怪那些秘境裡的妖族器靈願意投奔仙界，這讓肖妃想起了古書精墨飛，他就是自己主動來投奔殷澤的。

她突然怔了下，覺得自己好像忘記了什麼，但又想不起來，也就懶得去想了，而那個被她遺忘很久的斧頭幫老大俞勇，此刻正被劍邪大人的威壓給制裁在地。

「她為何願意讓你做她的男人？」

一隻猴子竟能讓那女人與他立契，必然有什麼特別的本事。

兵器靈不懂複雜的情感，只相信本事，殷澤被肖妃幾次拒絕後，為了尋找真相，便又找上這個唯一和肖妃立契的「公猴」。

俞勇在此修煉許久，在這裡果然比他在妖界修煉快多了，加上跟好鄰居打好關係，多少有了兄弟情誼，所以墨飛偶爾也會指點他招式。

俞勇雖然頭腦簡單，但四肢發達，練起新招式迅速而上手，但是遇到強手，例如殷澤，還是一樣被輾壓在地。

俞勇最大的問題便是語言，他只懂字面上的意思，言下之意的彎彎繞繞，他是一概不知。

所以碰上殷澤，俞勇也算倒楣。

「當然是因為她看上老子！」

這話其實說得也沒錯，肖妃當初看上的是俞勇好應付，幫派人馬又多，但是這話聽到殷澤耳裡，就有不同的解讀了。

殷澤一手將他的頭壓在地上，陰惻惻地警告。「如果還想活著出去，就別在本君面前自稱老子。」

他真想宰了這傢伙，要不是看在他和肖妃有一條血契連著的分上，他已經割下他的長舌了。

也不知道為什麼，每回跟這傢伙問話，總是問不出個結果來，偏這傢伙話又多，惹得他拳頭發癢。

「劍邪大人，小生願意為大人解惑。」

殷澤看向一旁的墨飛，瞇細了眼，沈吟了會兒。「說。」

墨飛終於等到表現的機會，神采一揚。他博覽群書，不只身懷武功秘笈，對於其他雜記和話本亦有涉獵，言語文字的敏感度自然高於他人。

從殷澤前幾次的問話中，談的都是關於肖妃的事，因此他對殷澤稟報時，也著重在肖妃的消息上。

這就是文人與武人的不同，文人對話語的敏銳就跟武人的劍一樣銳利，能傷人，亦能救人。

一言以興邦，一言以禍國，便是如此。

「這俞勇是肖妃的手下，並非她的男人。」

殷澤盯著他，又瞧了猴子一眼。「繼續說。」

不同於俞勇的碎碎唸，墨飛說話有條有理，只挑重點、容易懂以及殷澤想聽的說。

他當初主動投奔，希望跟著殷澤，並願意獻上武功秘笈，可惜殷澤不領情，只道他這些武功秘笈光有招式，放在外頭，或許可以讓人武功獨步天下，可是碰到劍仙段慕白也打不贏。

段慕白的劍道配合仙法，已經達到另一種境界，因此殷澤興趣缺缺，還說他討厭別人纏著他，便將墨飛丟到秘境裡。

別人趨之若鶩的武功絕學，殷澤卻不屑一顧，令他傷心了許久，如今終於等到機會了。

當他細說肖妃的事情時，果然引出殷澤的興趣。

「小生有一計，能讓肖妃對大人青睞有加。」

殷澤挑著眉。「說。」

「若是大人收了小生，那肖妃必會常常來找大人。」

殷澤不是笨蛋，聽出墨飛想跟著他的目的，沒想到他到現在依然不死心。

墨飛見殷澤瞇著眼，補充道：「小生胸懷寶藏，這一生必然受人追擊，所謂寶劍配英雄，小生一肚子的武功招式，自然是希望有英雄配得上，一如大人追求劍道之極致，小生亦如是。若大人能成全，小生必不負大人，一生追隨，當然，若大人嫌小生礙眼，小生自不會吵大人，小生只是希望有個主人印記，好教其他人死心。」

他頓了頓，繼續道：「大人若收了小生，還能一舉兩得，得佳人歡心呢。」

殷澤冷道：「若是本君將你給她，不一樣討得她歡心？」

「非也。大人，對女人得吊著胃口，一次餵飽了，可就不稀罕了哪！」

殷澤盯著他，沈吟一會兒，然後開口。「行。」

對他而言，若收下一個跟隨者能討得肖妃歡心，他倒是願意試一試。

一道精血自他指尖滴出，施了咒訣，混著墨飛的精血，完成一道浮印，彈進墨飛的眉心。

契約成立。

墨飛的靈竅裡多了殷澤的契印，就好比古書上蓋了殷澤的章，從此以後，他屬於殷澤的了。

墨飛總算如願以償，不枉費他耐心等這麼久。

「等等，還有老子——」一接收到殷澤銳利的目光，俞勇立即改口。「我也要出去，帶我走！」

殷澤冷哼。「他能奉獻武功秘笈，你對本君有什麼用處？」

「切！用處可大了，我是肖妃的人，肖妃大人肯定十分想念我。」

殷澤的回答是直接將他踢開，直接轉身。

「大人，俞勇與肖妃有結契，是肖妃的手下，若大人將他還給肖妃，說不定肖妃會記得大人這份人情。」

殷澤頓住，回頭看了他一眼，又打量趴在地上的猴子，想了想，丟了一句。

「帶他走。」

於是，墨飛與俞勇在秘境待了一年又八個月後，終於可以離開了。

俞勇爬起來，感激地勾著墨飛的肩膀。

「好兄弟，夠義氣。」

「好說，小生這也是還您一個人情，希望兄臺就別再記著小生欠您的靈石了，咱們兩相抵銷。」

肖妃在洞府閉關了七日，一出來時，整個人容光煥發。

她閉上眼，陽光照在她臉上，整個人好似鍍上一層光圈。

她可以聽到一里外的蟲鳴鳥叫，也可以聞到山崖下的花香，她深深做了個吐納，閉上眼——

她的靈識範圍擴大了，能看見方圓百里內的所有動靜。

她的五感變得比以往更強，也更敏銳。

閉關七日就有這種成績，那麼閉關十年或二十年呢？

肖妃站在洞府前，俯瞰望月峰的雲海，不得不說，站在高處睥睨眾生，彷彿自己整個人都變得偉大了。

突然，她的耳廓動了動。

有東西接近，塊頭不大，有破風聲，這東西不是在地上走，但也不是天上飛的。

是獸類，速度很快，有樹葉聲，是在樹上奔走的。

猴子？

肖妃睜開眼，回過身，盯著樹叢，那東西就在樹叢後方，越來越近，她心裡默默倒數計時。

來了！

一頭野獸暴衝而出，與此同時，肖妃已經拔地三尺，躍上空中，正好閃開那直衝而來的野獸。

果真是一隻猴子，而且還會學人大叫。

「啊啊啊啊啊——」

眼看煞不住的猴子，正要跌入萬丈深淵，被身後掃來的一條鞭子給及時捲住，從懸空中拉回地上。

「哎呀呀呀——」猴子在地上滾了好幾圈才停住，一張嘴還不停歇的碎碎唸。「太久沒活動身子，害得老子手腳都不俐落了，差點從天上下凡去。」

這語氣……這自稱……怎麼這麼熟悉？

肖妃盯著對方，猴子從地上拍拍屁股站起來後，目光與她對上，忽然不動，與她大眼瞪小眼。

肖妃突然恍悟了什麼，瞪大了眼，與此同時，猴子也興奮地張開雙臂朝她飛撲。

「肖妃大人！」

蠢斧頭俞勇！

相較俞勇的熱情奔來，肖妃卻是習慣性地抬腳將他踩在地上。她終於想起來了，她還有個手下被關在秘境裡。

「肖妃大人，是我，俞勇呀！」

「本妃當然知道是你，你怎麼出來了？」

說到這個，俞勇立即問：「肖妃大人，他們有沒有欺負妳？老子保護不力，讓妳受苦了。」

肖妃怔住，沒想到這麼久不見，他一見面就擔心她的安危，再瞧他一臉的憤慨，他是真的擔心她。

肖妃心中一暖。蠢斧頭雖然不聰明，但為人講義氣，又沒有複雜的心思，跟了她就一門心思對她忠心。而自己卻相反，不小心就把他忘記了，一次都沒想起來過，不禁心中生出愧疚。

她把俞勇從地上拉起來，拍拍他毛上的灰塵。

「我還行，就是到了新的地方，人生地不熟的，還在適應當中。」她不好意思說自己過得很滋潤，更不好意思說自己把他忘了。

好歹她也是他的主人，為了彌補他，便毫無條件地給他一顆化形丹。

見到化形丹，俞勇果然大喜，還一副很感動的樣子。

以前嫌蠢斧頭傻，現在卻覺得他這傻氣的樣子很可愛。

「快吃下吧。」

俞勇笑開了牙，立即吞下化形丹，毛茸茸的猴子開始筋骨變形，終於再度成了人模人樣的俊公子。

果然還是變成人比較順眼，肖妃為了彌補身為主人對手下不聞不問的虧欠，決定讓他也吸一吸洞府裡充足的靈氣，因此殷澤當下見到的，便是肖妃含笑拉著俊美男子的手，邀他一同進洞府。

肖妃與俞勇有說有笑，尚未踏進洞府，眼前便晃過一座巨山，擋在洞前。

肖妃愣住，對於殷澤無聲無息現身，已經逐漸習以為常了。

她平心靜氣地跟他打招呼。「有事？」

殷澤危險的目光落在她抓住俞勇手腕的那隻手，若是以往，他已經招呼不打，直接人道毀滅了，但是對於肖妃，他也學到了一件事。

對她硬來，她只會比你更硬。

他暫時忍住怒火。「妳跟他很熟？」

肖妃想了想。俞勇是她手下，算熟吧。

「是啊。」

「妳要帶他進去一起修煉？」

肖妃又想了想。她帶俞勇進洞吸收靈氣，算是助他修煉。

「是啊。」

殷澤只覺得一口氣差點憋不住，整個人都不好了。

「妳就算要挑男人也挑個好的，竟然挑一個這麼差的。」

俞勇聽了，正要暴跳如雷，腦子裡卻傳來肖妃的警告。

「如果不想被丟回秘境，就給我閉嘴！」

俞勇動作僵住，他好不容易出了秘境，當然不想再被關回去。

他看了肖妃一眼，只能悶聲不語。

這時肖妃也察覺出不對了，殷澤雖然沒有大聲咆哮，卻很明顯壓抑著怒火，而且，他這口氣聽起來酸味十足？

這情況不止一次，上回她護著月寶的面首，他生氣；這回她要帶俞勇進洞府，他又生氣。

似乎每回只要她跟其他男人在一起，他便會莫名其妙地出現，又莫名其妙地黑著臉，這情況有點像是男人在吃醋。

回想幾次他異常的反應，對照她在帝王後宮修煉成精的歷練，忍不住懷疑，難道他對她生出了男女之情？

肖妃有些不大相信，故意問：「不挑他，難道挑你？」

意外的，殷澤沒有反駁，也沒有嘲諷她，只是用一雙熾熱的目光，專注地盯著她。

肖妃愣住了，感到驚訝萬分。

殷澤真的……對她生出了情意？

殷澤被她盯得有些緊繃，深怕她拒絕，遂道：「難道這傢伙沒告訴妳，他已經另有喜歡的女人了？」

肖妃驚訝地瞪向俞勇。「你有喜歡的女人了？」

俞勇自己也很驚訝。「我沒有。」自己什麼時候有喜歡的女人了？

殷澤見他不承認，臉色更加難看，冷笑道：「你沒有？那麼上回在萬北城，拚著命不要，向本君挑戰，誓言要救回自己女人的事，難道不是你？」

一陣風吹來，捲起地上片片落葉，在三人之間幾個迴旋後，又隨風飄向遠方，繼續它的旅程。

肖妃沈默了一會兒，開口。「你是指……妖界萬北城……四方酒樓前面的大街上？」

「沒錯。」

俞勇正納悶，經他提醒，突然恍悟，笑開了嘴。「啊哈——」

「閉嘴！」

俞勇又是一僵，看向肖妃，用無辜的眼神控訴。為什麼不讓他說啊？這廝居然不知道肖妃和老太婆是同一人，俞勇難得比對方聰明一回，卻不能炫耀，教他情何以堪！

肖妃用眼神警告，便不理會俞勇那憋屈的小眼神，回頭打量殷澤的神情。

「我早知道他有女人。」發現殷澤臉色轉沈。「所以，我不會挑他。」發現他臉色緩和。

「雖然我對他很有好感。」臉色又轉沈。

「但他對我幫助不大。」臉色又緩和。

肖妃這下大概有八、九成的把握，這廝對她生出了情意。

一旁的俞勇卻急了，用可憐的目光看她。千萬別辭退老子，老子還得養一大幫弟兄呢。

他渴望的眼神，引來殷澤的煞氣。

肖妃暗叫不好，立刻對俞勇不耐煩地擺擺手。

「你呀，先天不足，只能靠後天努力，本妃姑且收你做我的手下，以後沒事就來為我打打雜。」

俞勇聽了奇怪，心想老子本來就是妳的人，為什麼還要再收一次？

在他開口詢問前，肖妃已經下令讓他先去熟悉一下環境，沒她的召喚不准來打擾。

退下吧，笨斧頭，本妃是在救你呢。

在肖妃的警告下，俞勇只好訕訕然地離開。

遣走了俞勇，肖妃回頭對殷澤難得露出了微笑。

「俞勇是本妃的手下，為人心直口快，若有得罪劍邪大人的，還請多擔待。」

她難得對他笑，語氣還客氣溫柔，加上她親口說不會找俞勇共修，殷澤臉色緩和不少，他也不想讓她誤以為自己不夠大度。

「無妨。」

「多謝。」

她轉身要走，卻被他握住了手腕。

「還有事？」

殷澤盯著她疑惑的臉，想說的話卻沒說出，最後只丟了一句。

「修煉有事，可找我。」

她笑得如花朵綻放。「多謝。」在她翩翩轉身時，依然感覺到他的視線一直盯著自己的背影，沒有移開。

肖妃走進洞府，笑容收起，只剩狡黠的目光在漆黑的洞府中，閃爍不明……

第十章

這幾日，肖妃總感覺到自己身上有一股若有似無的靈識掃過，這還是在自己功力增加之後察覺到的。

望月峰的結界牢固，不會有其他人進來，而這裡就這麼幾個人，要猜到是誰並不難。

為了證實心中的猜測，肖妃假裝不知。

她來到望月峰山下的瀑布湖，站在湖邊的大石上，在她輕解衣衫時，還能感覺到那如影隨形的靈識，正輕輕掃過她赤裸的胴體。

段慕白眼中只有月寶，而月寶若要看，也只會大方地看。

就只有殷澤了。

肖妃裝作不知，走入湖水裡，如一隻魚兒在湖中游水。她偶爾會沈入水中，沒多久便又浮到水面上，如此反覆幾次後，最後一回，她沒入水中，便再也沒有浮起來。

過了一會兒，傳來撲通一聲的跳水聲，此人如水中蛟龍，急急尋找那抹曼妙的身影，卻遍尋不著。

直到他浮出水面，卻赫然見到肖妃坐在岸邊，正一臉好奇地望著他。

「劍邪大人好興致，也來這裡洗浴？」

殷澤沈默了一會兒，才沈聲回覆。「……是。」

「咦，原來你洗浴都不脫衣的？」

「……」

這時肖妃已經穿好衣裳，站起身，笑得一臉陽光明媚。

「那就不打擾了。」她轉身爽快地走人，一背對他，那豔紅的嘴角便勾起一抹奸笑。

肖妃回到洞府時，就見俞勇正在洞府前等她，在驚見他臉上的傷後，不禁詫異。

「你這是怎麼了？」

俞勇那英俊的臉上烏青腫紅，破壞了原本好看的相貌，慘不忍睹。

「沒什麼，老子跟殷澤大人打了一場。」

肖妃吃驚。「你跟他打架？」居然還活著？

「不是打架，是切磋過招。」

「哦？」殷澤會這麼好心？肖妃目光閃了閃，說道：「瞧你這張臉，傷成這樣能看嗎？真是丟本妃的臉，進來療傷。」

俞勇聽了，便隨她進了洞府。

半個時辰後，他靈氣飽滿地走出洞府，臉上的傷也完全恢復了，不過一遠離洞府沒多久，便被殷澤抓去一旁審問。

「你們在洞府裡都做些什麼？」

「療傷啊。」

「還有呢？」

俞勇想了想，直言道：「肖妃大人問了你的事。」

殷澤聽了，目光大亮。「哦？她問本君什麼事？」

「肖妃大人說——」

她說，劍邪乃是天下難得的奇才，能得到他的指導，是天上降下來的福氣，光是求他一口真氣，還得拿上品靈石來換，因為他一口真氣，便能抵上洞府吸一整日的靈氣，多少人想求都求不得呢，今日人家願意無償教他，是他這輩子修來的福分。

「她真這麼說？」

「是啊。」

殷澤對他人的褒貶向來無嗔無喜，因為他人看法於他何關？但聽到她對自己的讚美，令他唇角彎起了俊朗的線條，但同時心中疑惑，既如此，她為何拒絕與他雙修？

當初殷澤懷疑肖妃喜歡俞勇這種相貌斯文的，因此藉著教授武功來探聽虛實，多方觀察後，他發現對方不過是個氣血方剛、說話不懂拐彎的人，空有外表，內裡卻是個愣頭青，對肖妃完全沒那種意思。

殷澤有心想藉由俞勇來探問肖妃心中所想，故道：「想學更高的法術嗎？」

俞勇聽了，毫不考慮地點頭。「想！」

俞勇這人憨直，一心求武，兵器之王殷澤願意教他，他也毫不忸怩。因此隔日，俞勇又帶了一身的傷來找肖妃，肖妃便很自然地將他領入洞府裡療傷。

俞勇一身是傷地進去，一個時辰後，神清氣爽地出來，如昨日那般，又被殷澤抓去一旁好好「聊聊」。

「可問了？」

俞勇拍胸脯。「當然，老子出馬，這有何難的？」

殷澤難得忍住想揍他的衝動，不跟他計較老子這兩個字。

「她如何回答？」

殷澤看似冷靜，但其實心中惴惴。對肖妃，他始終無法釋懷，想找出她拒絕與自己再有肌膚之親的原因，便有了教俞勇術法之名，實則為自己去探聽虛實。

「肖妃大人說共修是增加修為的好方法，若是遇到合適的人選，鼓勵老子找個女人雙修呢。」

那就是不反對了。

「那她呢？你可問她是否有意找人雙修？」

「當然問了。」

殷澤負在身後的拳頭緊了緊。「她如何說？」

「她說就算要找，也要找個技巧高超如青樓小倌，懂得溫柔伺候如後院面首，還要伏低做小如腳下奴僕，若是三者少了一樣，她寧可不要男人。」

俞勇把肖妃的原話一字不漏地複述一遍後，便大剌剌地道：「老子問到了，也告訴你了，依照咱們事先講好的，快教老子新的法術吧。」

見殷澤半天沒回應，俞勇以為他反悔了。

「喂！說好的條件，你可不能反悔——」

尚未說完，一腳又被踩在殷澤腳下。

俞勇不依了！他抬頭瞪著上方的人，正要大聲抗議，卻猛然僵住。

殷澤渾身煞氣，臉色沈得嚇人，原本墨黑的眼此時竟是一片血紅，閃著詭異紅光。

俞勇立刻閉上嘴。

他是兵器靈，自然能感覺到噬魔劍身上散發出的噬魔之氣，他再蠢，也不會蠢到惹上這時候的殷澤，只能心驚膽戰地閉嘴。

殷澤緩緩開口。「她真的這麼說？」

俞勇難得聰明了一回。

「她常罵老子蠢，說不定是老子會錯意，不如老子再去問她一遍？」

殷澤冷冷盯著他一會兒，忽然把腳拿開，吐出一個字。「滾。」

俞勇立即跳起來，火速溜得不見人影。待離得夠遠後，他才拍拍胸脯，適才還以為自己要沒命了，他根本沒弄懂自己說的哪一句話得罪了殷澤？他也只不過是按照肖妃的命令，把話一字不漏地說給殷澤聽。

肖妃還跟他強調，若是殷澤沒問，也一樣要說給他聽，還必須儘量說，放大膽地說，還保證會賞他一顆化形丹。

想到化形丹，俞勇又精神一振，把適才的恐懼拋到腦後，連忙找肖妃大人要賞去。

俞勇不知，若不是因為肖妃在殷澤面前說他是自己的手下，表現出一副看重他的樣子，不然適才殷澤真有可能下重手。

就算不要他一條命，也會被丟到秘境裡躺幾個月療傷。

殷澤是何等驕傲之人，原來她拒絕，竟是嫌他技巧不好，還拿青樓小倌跟他比。

要他像討人歡心的面首去伺候女人？作夢！

他乃劍中之王，向來只有他人對他鞍前馬後，要他對人伏低做小，就算拚了個魂飛魄散，也別想他低頭。

就連劍仙段慕白遇著自己，也得好好供著他，那女人哪來的膽子惹他？

望月峰發生的事，是逃不過段慕白的耳目。

當月寶進入屋子時，看到的就是段慕白伏在案前，捶桌大笑。

人前高深莫測、冷斂風華，人後卻是臉皮厚如城牆，偷拐搶騙。月寶以為自己已經見識過段慕白各種模樣，卻沒承想還有更誇張的。

她翻了個白眼，轉身要退出去，可惜太遲，段慕白哪會讓她走？

「過來。」

月寶腳步一頓，回頭看了他一眼，見他臉色笑笑的，但一雙眼目光如炬地盯住她。

月寶深知他脾性，自從被他從魔界逮回來後，段慕白對她依然疼愛如昔，但是對她的掌控卻也更加強烈，就像現在，他語氣溫柔，卻帶著不可違拗的命令。

月寶努了努嘴，想到自己反正也逃不過他的手掌心，而且她也不想逃，能夠成為劍仙的心頭寶，她才不會傻得跑掉呢。

因為，她也想吃他呀。

她咚咚咚地奔向他，一屁股坐進他懷裡，兩手圈住他的頸項，還主動送上香吻，在他臉頰上吧唧一聲。

段慕白盯著她一雙晶亮的美眸，滿眼是全心的愛慕，他的眼神也幽深如水，將她壓進自己的懷裡。

「什麼事這麼高興？」

「師姊送來了口信，妖魔聯軍，攻打滄浪派呢。」

滄浪派是仙界最大的門派，弟子最多，地盤最大，仙界眾家門派，皆以滄浪派馬首是瞻。

先前月寶和師姊陌青愁偷偷潛回魔界，為的就是想辦法在魔界集結兵馬，找機會攻打滄浪派，報仇雪恨。

不過打好的算盤最後被段慕白給推翻，而他反對的理由卻是嫌棄她們的報仇法子吃力不討好，還不如借力使力。

段慕白身為仙界人，卻出入魔界如自家，他所謂的借力，借的便是魔君的人馬。他主動找上魔君，一番利誘後，讓魔君願意出兵，條件便是魔兵只能攻打滄浪派，而他段慕白不會干涉這場戰爭。

多麼奸詐狡猾，月寶就偏偏愛死了他這一點。

段慕白看著寶貝女人喜悅的表情，俊臉低下。「那麼妳該如何報答自己的夫君？」

「有什麼好報答的，咱們夫妻一體，你的靈石就是我的靈石，我的仇就是你的仇，咱們不分彼此。」

她哼哼地說，耍嘴皮子賴皮誰不會？卻沒想到段慕白聽了，來了精神。

「對，我的就是妳的，妳的也是我的，咱們不分彼此。」竟是把這句話的精髓用到另一檔事上。

月寶昨夜才被他狠狠疼愛過，一發現他的意圖，立刻轉移話題。

「瞧夫君適才笑得不能自已，可是發生了何事？」

段慕白知道她是故意轉移他的注意力，也不點破，倒很有興致地與她分享。

果然，月寶聽完後，窩在他懷裡不住地笑到顫抖。

這三界人人畏懼的劍邪，竟是搞不定一個女人。向來只有他人求他的分，卻沒想到如今也有他求人的一天。

他對肖妃求歡不成，還被她嫌棄技巧不好。

月寶都笑出了眼淚，要不是段慕白抱著她，她肯定笑得跌在地上。

「不愧是我的契靈，有個性！」

月寶當然是護短的，肖妃陪她回魔界，與她一起出生入死，幾次驚險時，肖妃皆拚死護在她前頭。

對月寶而言，肖妃不僅僅是契靈，也是她堅定不移的戰友。不過，她要是知道肖妃真正的主人其實是段慕白，八成會氣死。

這事，段慕白當然不會告訴她。他摟著他的寶兒在懷，低下頭堵住她笑個不停的嘴，與之深深糾纏。

雖然段慕白把殷澤與肖妃之間的事當成笑話說予月寶聽，但他心中其實另有定見。這世上除了自己，原來還有另一個人也治得了殷澤。肖妃可用。

與月寶纏綿一番後，他才放她走，並喚了另一個人來。

「劍仙大人。」

墨飛站在案前，一臉恭敬。

段慕白含笑看著他。「辛苦你了，讓你在秘境待了那麼久。」

「不辛苦，小生能得劍仙大人護持，才得以安然於世。」

無人知曉，墨飛心目中選定的主人其實是劍仙，早在他投奔望月峰之前，就已經和劍仙定下秘契。

當年，他這個古書精被三界追捕，他東躲西藏，始終不肯成為任何人的契靈。他博覽群書，上知天文，下知地理，他眼高於頂，無人能讓他瞧得起，直到他遇到了段慕白。

段慕白救他於敵人圍困中，卻沒有收了他，只是叮囑他要小心，便轉身離開。

當時，墨飛就對他起了好奇心。

別人瞧見他都像看見寶物一般目光貪婪，但是段慕白明知他是古書精，身懷絕世武功秘笈，卻絲毫沒有想將他納為己用的意思，反倒救了他之後，便轉身瀟灑離開。

那時墨飛覺得奇怪，便追著問他。「難道你不想得到我？」

段慕白卻是一笑，指著遠處那座山。「兄臺若不想被人拿捏，可去那山裡隱居，山中有一處秘境，秘境入口有古龍守著，你一身書香，牠必然不會拒絕你入山，有牠的結界護著，你可安心，再不用躲躲藏藏。」

墨飛活了千年，這是第一次有人對他不起邪念，還為他指明一條活路。

而且，他稱他為兄臺，言語之中只有平等，並無仙人對器靈的傲慢。

墨飛有文人的氣節，眼光很高，而段慕白氣度風雅，談吐高尚，當然立刻就入了他的眼。

墨飛沒離開，他跟著段慕白，一路上兩人相談甚歡。他驚喜地發現，段慕白飽讀詩書，與他談天說地，亦是上知天文，下知地理，論經說道，知識廣博，更甚於他。

難得的是，對方沒有仙人的架子，還善解人意，自己只說了一，對方便明白什麼是二，簡直就是難得的知己。

當下，墨飛就決定跟著他了。

段慕白收了他，卻對他說，為了他好，暫先保密，若逢人問起，便說自己只想跟著兵器之王劍邪。

墨飛問他何故？段慕白當時是這麼說的——

「劍邪惡名昭彰，好用。」

墨飛恍悟，拍案叫好，便同意了。

從此以後，逢人便說，自己只看得上殷澤。

墨飛真正的主人是段慕白，此事連殷澤亦不知，殷澤不耐他人跟著，對古書精的武功秘笈亦不感興趣，但墨飛耐心等候，最後終於等到殷澤將他帶出秘境。

段慕白給墨飛一個任務。「你去找些男歡女愛的話本，丟給殷澤瞧瞧。」

墨飛聽了一怔，接著很快明白，忍不住笑了。

「大人想要點撥那顆石頭？」

「他難得對女人有了興趣，豈可這麼快就放棄？你博學多聞，看的才子佳人話本必不少，這事有勞你了。」

能得到知己一句博學多聞的讚美，墨飛整個人神采奕奕。

士為知己，死而無憾，別人不敢拿話本給劍邪瞧，怕書還沒翻開，人就被劍邪斬了，但墨飛敢，而且他很樂意。

他對段慕白恭敬一揖。「遵命。」

殷澤是個絕不認輸的人，與其勸他，不如讓他自己想通。

考慮到殷澤的個性，墨飛準備了許多英雄與美人的話本。英雄如何呵護美人？手段分寸如何拿捏？美人面對英雄的溫柔，又是什麼反應？

話本的文字優美，敘述精確，將女子細膩的感情一一剖析展現。

不過墨飛當然不會傻得把這些話本直接送到殷澤面前，除非他想和這些話本一起被怒火燒成灰。

這事，必須讓另一個人來做，便是俞勇。

「肖妃說，修行要內外兼俱，你只修人身，不修人心，於你修行有礙，這便是你修為始終無法突破的原因。

「所以，你該找個女人共修，但要女人點頭答應，只用嘴巴講是行不通的，你得學習如何哄女人，女人被哄得開心了，自然會願意。

「其實哄女人不難，女子都喜歡如英雄般的男人，不過男人在外頭如何打殺，回到屋子裡，那煞氣一定得收起來，千萬別把外頭那些對付宵小用的手段拿來對付自家女人，那肯定會引來女人的不悅。

「無論如何，對女人只能溫柔。

「這些書是對付女人的武功心法，咱們既然有緣，又是好兄弟，小生我就不藏私了。人身只是外在的形象，內裡才是最重要的。」

墨飛說了一大堆，最後指著俞勇的心臟，語重心長地提點他。「記住，唯有把這裡搞定了，你才能成為一個真正的男人。」

俞勇聽了大喜。他最大的瓶頸就是不知如何修成人身，總靠化形丹也非長久之計。有一點俞勇跟肖妃很像，就是凡事可以提升修為的，他都會盡全力去做。墨飛提供的武功心法正是他的及時雨，他自是感激涕零地照單全收，立即埋頭鑽研。

他每日抱著一大堆書本用功，果然很快引起殷澤的注意。

當得知他為了雙修，不眠不休地苦讀時，殷澤表面上嗤之以鼻，卻在暗夜時悄然入室，將俞勇那些話本偷去。

肖妃不知自己一時心血來潮，與殷澤之間的曖昧遊戲，莫名其妙地加入了幾個人。

雖然她是始作俑者，但其他人卻是擔當著推波助瀾的角色。

在俞勇看完三本書時，殷澤已經把十本書全看完了，而俞勇自始至終完全沒發現自己的書本有少過。

在沈寂了一段日子後，正當肖妃以為殷澤放棄她時，人又出現了。

「走，咱們打一場。」

許久不出現的人，一來就向她下挑戰書。

肖妃心下冷嘲。若是以往，她肯定不會接受這個挑戰，畢竟誰會傻得去跟一個自己打不過的人單挑？

但在察覺他對自己的小心思後，肖妃認定他是藉這個理由來親近自己。

肖妃笑咪咪地說：「我的功力與你相差甚多，咱們打一場，我豈不是自取其辱？」

「我單手與妳搏鬥，妳若能撐住我十招，這本墨飛的武功秘笈就是妳的。」

肖妃一怔，接著大喜，緊盯著他手上的秘笈，熱烈的目光簡直像在看情人似的。

她不接這個挑戰才怪。

「一言為定！」

第十一章

肖妃怒火中燒。

他不是想討好她嗎？

武功秘笈不是要當禮物送給她嗎？

打一場不是故意親近她的藉口嗎？

為什麼到頭來，他、是、真、打！

說好能撐住十招就把武功秘笈送她，卻在第九招就毫不憐香惜玉地將她輾壓在地，甚至一臉睥睨地晃著手上的秘笈對她冷語。

「妳修為不夠，這秘笈暫時不能給妳。」

……她想掀桌！

他說什麼屁話！在他面前，有哪個人修為夠？根本是耍她來著！

原來這廝記仇，以切磋之名行報復之實，自己真是瞎了眼，居然以為他喜歡她?!

肖妃恨得打落牙齒和血吞，打不過，她走還不行嗎？她憤怒地爬起身，打算回洞府修復身子，順道修補她受傷的尊嚴，殷澤卻突然一把打橫抱起她。

她氣得掙扎。「做什麼！」

「帶妳去個好地方療傷。」

「不必貓哭耗子假慈悲！」

他忽然在她唇上啄了一下。「乖，別氣了。」

肖妃呆愣，尚未回神，就被他抱著御劍而行，直接出了望月峰，讓她想拒絕都來不及。

肖妃掙脫不開，只得恨聲問：「你要帶我去哪？」

「有一處泉水，冷熱皆俱，那泉水俱凝魂修魄之效，可飲可浴，讓重傷者白骨生肌，驅魔解毒，亦能修補魂飛魄散之傷的三魂七魄，望月峰水蓮瀑布洞府內的冰床，就是用那兒的泉水所製。」

肖妃心中驚訝，她來到望月峰也有一年多了，跟在月寶身邊，對望月峰許多事也有了大致的了解，加上那些仙鳥、仙獸平日的八卦，讓她了解不少望月峰的過往。

當初月寶還是魔界的豔使大人魄月，段慕白將魄月的魂魄鎖住，帶回仙界，為她再造新身。那新造的身子，就放在望月峰谷底一個叫做月靈谷的地方。

那兒有一處湖水叫做玉潭，玉潭裡養了很多水蓮，月寶就睡在月靈谷洞府內的冰床上，日日滋養，夜夜修補。

修補肉身不稀奇，肉身不過是乘載靈魂的車馬，就算壞了，只要靈魂不滅，換具身子就行了，魂飛魄散才是真正的死亡。

修補魂魄，亦即修補元神和靈根，這才是真正難求的天下至寶。

肖妃立刻不跟他忸怩了，放棄掙脫，一雙美眸異常晶亮地四處張望。

對女人，要投其所好。

這是殷澤在話本上看到的一句話，他是劍修成精，靈根奇才，一生血裡來、刀裡去，若以為他的天分只有在武功、術法的修為上而已，那就大錯特錯了。

不管學什麼，只有他殷澤想不想，沒有他行不行的問題。

他將那些男歡女愛、才子佳人的話本全部掃過一遍，便記在腦子裡。

對女人一味壓制，只會適得其反，但是一味討好，只會讓女人瞧不起，必須拿捏分寸，軟硬兼施。

該有男子氣概的時候，萬不可退縮，該禮讓的時候，就絕不可死倔到底。

嘴巴要甜，行動要快，身段要軟，骨氣要硬。

男人的面子是對外人，不是對自己喜歡的女人。

面對性子烈的女人，死纏爛打。

面對傲嬌的女人，軟磨硬泡。

滴水能穿石，春暖融寒冰，一個字——寵。

將女人寵上天，她便無法逃出生天。

肖妃不知，自己已成了殷澤砧板上的香肉，他正按照計劃，要一步一步地吞吃她。

秘境都是上古時代留下來的異度空間，裡頭除了妖獸還有不少寶物，是修行人的試煉和挖寶之地。

秘境裡既有寶物，必然成為各派兵家爭奪之地。因此秘境內外皆設下各種禁制，修為太低的人還真進不去。

殷澤帶她來的，正是她進不去的秘境。

秘境入口處正有一場小型戰爭，滄浪派對上妖界狼族，兩方人馬打得如火如荼。

這時肖妃也停止了和殷澤的小吵小鬧，兩人站在山頭看著底下的戰爭。

狼族帶隊的領頭者是狼太子夜離，滄浪派的領頭者則是五位仙主中的其中一人。

兩方人馬實力都不可小覷，妖魔兩界聯合攻打滄浪派，其他仙派聽聞，皆派出自家弟子前來援助，這是仙界眾派之間的默契。

仙魔不兩立，面對共同敵人，彼此支援是常事，畢竟誰都不希望下回自家門派受到襲擊時孤立無援。

肖妃看著秘境入口，滄浪派的弟子嚴密防守，防止任何人進入，看來此行是白來了，她嘲諷地瞥了殷澤一眼。

殷澤突然牽起她的手，狀似朝那秘境而去。

「秘境有人守著。」她不肯走，冷聲提醒。「劍仙有令，不可介入兩方的戰爭。」這是劍仙和魔君之間的秘密協議，殷澤若要強行進入，勢必和對方打起來，那就破壞了規定。

殷澤回頭看她，突然擰眉。「說得是，妳這副狼狽的模樣，確實不能讓人瞧見。」

肖妃頓住，怒火又起。她這麼狼狽是誰害的！

下一刻，她的身子被寬大的披風包裹住，原來是殷澤拿出自己的黑色披風，將她的身子遮得嚴實，只露出一張因怒氣而雙頰豔紅的臉蛋。

「跟著我。」

大手牢牢牽著她的手，十指緊扣。

肖妃掙脫不得，氣得瞪眼。「你就不怕劍仙怪罪？」

段慕白雖然看著好脾氣，但那是因為沒觸碰他的底線，一旦違背他的指令，那才可怕。

肖妃就算性子再刁鑽，也不敢惹段慕白。

「放心，我不會讓他碰妳一根寒毛，到時妳儘管躲我懷裡，風雨雷電，由我受著。」

肖妃再度呆愣，愣神之際，殷澤已經拉著她一起跳下山頭。

劍邪的披風本身就有靈力覆蓋，不讓那空中飛來橫去的法術傷到她。

打得正激烈的兩方人馬，突然瞧又有他人闖入，見到來人是殷澤，表情各自精彩。

殷澤本身具有邪性，本該入魔，但他被劍仙收服了。既然是劍仙的契靈，便屬於仙界的陣營，因此見到他出現，滄浪派人馬心喜，而狼太子夜離這邊的陣營卻是變了臉。

有噬魔劍來助陣滄浪派，狼族還打什麼？

狼太子夜離沈著臉。妖君明明派人送來口信，言明段慕白正在閉關，不會干涉，沒想到竟是派了噬魔劍來此，擺了他們一道。

隨著殷澤大步走來，兩方人馬各自退開，讓出一條楚河漢界之路，目光緊盯著他。

滄浪派眾人神情敬畏，狼族人全神戒備，現場噤聲不語，只聞劍邪大人的腳步聲，看著他目不斜視地牽著身後的女人。

每跨近一步，眾人的神經就不自覺繃緊一分。

殷澤牽著肖妃經過眾人面前，步伐未曾停留，穿越一道隱形的牆，便消失不見。

兩人進入了秘境。

過了一會兒，滄浪派的人好似突然回神一般，彼此你看我、我看你，驚疑不定。

殷澤不是來助陣的嗎？怎麼招呼不打，人就直接入了秘境？而且還帶了個美人。

狼太子夜離原本臉色陰沈，以為這次無功而返，卻見殷澤連看都沒看他們一眼，便入了秘境，霎時恍悟。

殷澤不是來助陣的，人家只是路過而已，連理都懶得理他們。

殺聲再起，刀劍術法再攻。

肖妃原以為會有一番打鬥，沒想到殷澤就這麼帶著她，在兩軍面前大剌剌地走進秘境，亦恍悟她身上穿的這件披風，目的便是護著她不受禁制的攻擊。

她回頭看了一眼，秘境入口是一座山壁，將刀光劍影隔絕在禁制之外，山壁的另一側則是鳥語花香，世外桃源。

肖妃盯著男人的背影，想到適才那些人臉上可能會出現的錯愕，忍不住噗哧一笑。

殷澤回頭。「笑什麼？」

「你故意要他們，小心他們向段慕白告你一狀。」

殷澤原本想回她，本君何嘗怕誰來著？就算告到劍仙那裡，本君也是來一個宰一個。但話未出口，他便頓住，想到話本裡男人討好女人的手段，他改了口。

「有事我擔著，妳不用怕。」

肖妃擰眉。「我才不怕，是你硬要來，關我何事？」

「說得是，都是我自作主張，與妳無關。」

她又怔住了。

以往兩人話不投機半句多，稍微一言不合就像個刺蝟似的爭鋒相對，但現在，不管她如何話中帶刺，存心挑事，他都不怒不吵，幾句話就化解了。

這感覺就像一拳打入棉花裡，讓人使不出力來。

肖妃狐疑地盯著他。要不是確定望月峰的結界強大，外人進不來，不然她都要懷疑眼前的殷澤是別人假冒的。

這一路上，他們並沒有遇到妖獸或陣法的攻擊，而殷澤所走的路線似乎刻意避開危險，因此兩人一路平安地到達目的地。

泉水位在山谷內，繁花綠草相間，數十個瀑布有高有低，仙境之美，難以言喻。

令肖妃震撼的是，泉水旁的山坡上有幾棵仙樹，那仙樹結出的一顆顆果子，竟是聚元仙果！

聚元仙果能修補滋養魂魄和靈根，千年只結一次果，如今那些仙樹上，果實累累成串，估算起來足足有百顆之多。

發財啦！

肖妃一時氣血噴湧，就要衝上前，但殷澤早有準備，牽住的手一收，將她的人拉回，撞進他的懷抱裡。

「放手！」

瞧她氣急敗壞的模樣，一張臉因為興奮而雙頰緋紅，比那飽滿多汁的果實更加誘人。

殷澤忍住想吻她的衝動，雙臂將她的人收得更緊，鼻息貼在她臉龐，熱氣拂著她的耳，嗓音低沈磁啞。

「急什麼？凡有寶物，附近必有凶獸。」

經他提醒，肖妃這才冷靜下來，停止掙扎。

她窩在他懷裡，一雙靈動的美眸四處打量。

聚元仙果如此繁茂，沒被採光，只有兩種可能，一是無人發現，二是發現了也採不走，因為沒命去採。

她看了半天，看不出凶獸藏在哪兒，又想到殷澤一路走來，對路線知之甚詳，必然心裡有數。

「你不是說要帶我來泡泉水療傷嗎？是不是也要摘那果子給我？」

殷澤感覺到她的變化。

她的身子主動偎近他，態度放軟，嗓音也沒有先前的冷淡，身上的氣息變得溫和。不帶刺的她，令人心軟。

看來風花雪月的話本，還真有點東西可取。

她難得的柔順連帶影響他也跟著溫和下來，說話時不由自主地帶了點小心翼翼的討好。

「聚元仙果摘下後不能久放，時時需要泉水滋養，等會兒泡完泉水，摘一顆給妳嚐嚐。記住不能多吃，吃多了容易功力反噬，會走火入魔的。」

肖妃聽他解說，本來還打著吃不完兜著走的主意，聽到吃多了會走火入魔，便只能遺憾地打消念頭。

不過能吃一顆，那也是賺到了。

那些泉水是一窪一窪的，有熱有冷，有些呈現奶白色的混濁，有些則清澈見底，還有的碧藍如天，有的則深黑如淵。

她挑了一窪水氣氤氳的熱泉，想往前走時，又被殷澤拉回。

「等等。」

她有些等不及，不耐煩地問他。「又怎麼了？」

殷澤沒解釋，而是拿起一顆小石頭彈入泉水裡，撲通一聲，掀起一圈漣漪。

在她疑惑之際，那泉水忽然衝出一隻獸頭，獸身如蛇，嘴上滿布利牙，凶狠地在水面上翻浪，尋找獵物。

肖妃臉色驟變，這才知曉原來水面下藏著凶獸，若是貿然下水，就成了妖獸腹中的美味大餐了。

正當她咬著唇瓣暗恨時，殷澤放開她，當眾脫光衣裳，不疾不徐地走入水中。

不一會兒，水中妖獸突然大量冒出來，竟是爭先恐後地爬出水面。他們四散奔逃，彷彿這水有毒，又恍若一條可怕的食人鯊在後頭追著，讓他們避之唯恐不及地離開水面，紛紛跳往其他水池裡。
肖妃一時看得毛骨悚然。凶獸不可怕，可怕的是數量多。
「這裡乾淨了，進來吧。」殷澤坐在泉水邊，半個身子浸在水裡，頭往後一靠，閉目養神。
肖妃瞬眼瞪他。
跟他脫光身子泡一處？她不是害羞的人，更何況兩人又不是沒做過，她是被適才那密密麻麻的數量給嚇得起雞皮疙瘩，這時候叫她去泡其他泉水，她可不敢，因此便與他同泡一池。
她脫了衣裳，在他對面下了水，與他各據一處。
泉水溫潤，滋養肌膚，暖意蔓延全身，疏通四肢百骸，舒服得令人想呻吟。
肖妃漸漸放鬆精神，整個人變得慵懶，卻察覺有什麼東西爬到她的肩膀，酥酥癢癢的。
她側臉瞧了下，一隻滑不溜丟又黑漆漆的東西蠕動接近。
「啊！」
肖妃花容失色，許是心有餘悸，平日對這種東西根本不在意，但適才毛茸茸又密密痲痲的景象太過噁心，讓她一時驚嚇而尖叫出聲。

身後一雙臂膀及時將她護在懷裡，同時彈指射出，將那蠕動的東西給打飛。

肖妃其實也沒看清楚那是什麼，下意識就認定那東西是凶獸，其實只是殷澤丟出去的一隻黑色毛毛蟲罷了。

待她回過神來，意識到自己被殷澤摟在懷裡，一絲不掛的兩人，肌膚貼著肌膚。

肖妃轉頭瞧了他一眼。

「我身有噬魔之氣，他們不敢接近，放心泡吧。」說完又閉上眼，圈住她腰間的手臂卻沒放開的意思。

她此刻坐在他腿上，背貼著他的胸膛，左右雙臂將她圈在胸前，像抱小孩似的將她護衛周全，若再有什麼毛茸茸的凶獸靠近，也是先碰到他。

肖妃一臉狐疑地打量他。不是她疑心重，而是這姿勢曖昧，兩人都赤裸著，她現在坐在他腿上，屁股都可以感覺到壓在他那話兒上。

軟的。

她等了半天，沒見他那兒有任何動靜，若真是心懷不軌，照理說那裡早就一柱擎天才對。

如果他硬了，按照肖妃不吃虧的性子，肯定不客氣地將他踢走，但他是軟的……

這時候推開他，倒有些顯得自恃甚高，說不定人家真的只是單純護著她，沒其他意思，她若反應太過，好像往自己臉上貼金似的……

就在她拿不定主意之際，又瞧見隔壁的池水下有東西若隱若現，水面上還冒出泡泡，她立即就不猶豫了。

安危比較重要，反正她與他又不是沒抱過，他胸膛上還有她計數劃出的五條線呢。

想到先前他對自己的吃相，那可真是豺狼虎豹遇見牛羊雞鴨，能吞肉就不會放過一滴血，能啃骨頭就連骨髓也吸了，現在突然轉了性，坐懷不亂得沒有一絲漣漪。

肖妃突然有些忿忿不平，男人果然喜新厭舊，這麼快就對她沒興趣了，這不顯得她很沒用？

肖妃故意攪動水波，搓搓手臂又揉揉肩膀，隨著動作，身下也若有似無地扭腰擺臀，無形中磨擦他那個部位。

男人那裡禁不起一點逗弄，只需給一點刺激就夠了。

然而，不管她如何擠壓磨擦，那裡始終「風平浪靜」，連一丁點揚起風帆的意思都沒有。

肖妃瞥了他一眼，男人始終閉目養神，淡定如斯。

她垮下臉。竟然沒反應！

一股說不出的鬱悶壓在心口，不是想勾引他，而是發現他不受勾引，讓她覺得不解氣，唯一可以拿捏他的籌碼突然沒了，總覺得不太甘心。

罷了！

肖妃懶得跟他鬥氣，盡情享受泉水的滋潤，也打算閉目養神，然而殷澤突然抱她起身，驚得她下意識圈住他的脖子，免得自己掉下去。

殷澤換了另一池冷泉，抱她一同坐下。

冷泉裡的凶獸又是一陣兵荒馬亂地出水逃亡，密密麻麻地奔向四周的泉水，驚得肖妃往殷澤懷裡鑽，感覺自己雞皮疙瘩掉滿地。

當她緊緊依偎著他時，也把飽滿的兩顆渾圓壓在他結實的胸膛上，受擠壓而鼓起的雪白胸脯，對上小麥色的結實胸膛，顏色的對比突顯了柔與剛、軟與硬、女人與男人……

殷澤把頭往後，臉面朝上，這銷魂的刺激……真他媽要人命！

肖妃皺皺鼻子，嗅了嗅，戒備地問：「有血腥味！你有沒有聞到？」

他鼻血都塞住鼻孔了，哪裡聞得到？

她屁股扭得他都硬了，好在他悄悄在兩人中間塞了個軟墊，讓她不會發現他早就硬了。現在他那根被壓得痛得受不了，只好趕忙換池冷泉讓自己冷卻一下。

偏偏她還用一對胸脯擠壓他，令他滿腔熱血無處發洩。

時機尚未成熟，他忍！

就在狼族和滄浪派打得正酣時，秘境的隱形入口突然打開了。

殷澤牽著肖妃走出來，他臉色陰沈，一身威壓令人窒息，讓兩方人馬主動退後，讓出一條路。

被他那雙鮮紅的眼眸掃到時，讓人感覺涼颼颼的，也不知那秘境裡是何等凶險，讓劍邪大人出來時的煞氣比進去時更重，在他身上還可以聞到血腥味。

他身後的女人被黑色披風裹得嚴實，只露出一張紅潤如玉的精緻小臉，眼皮看似沈重，要閉不閉的，一副在打瞌睡的模樣，不知是不是闖蕩秘境太累了？

就見劍邪大人將女人一摟，御劍而去，從頭到尾，目中無人。

第十二章

有了泉水共浴的經驗後，面對殷澤下面毫無反應的淡定，肖妃也不確定他是不是喜歡自己了。

她覺得自己向來對男女那回事是很懂的，但她卻忽略了一件事。

殷澤的領悟力很強，他甚至懂得從段慕白那兒取經，按照段慕白的說法，這叫做溫水煮青蛙，把對方慢火燉熬，煮熟後就可以入口了。

「打一場。」

當殷澤又來下挑戰書時，肖妃直接拒絕。她又不是蠢貨，沒事自找罪受。

殷澤卻再次出乎她的意料，直接將秘笈大方送給她。

「我等妳練會上頭的招式，再來切磋。」

肖妃精神一振，立即改變主意，無本生意當然接受！

這廝如此大方，肯定也是受不了兩人修為差太多，打起來沒意思，才會改變主意把秘笈給她。

肖妃被他一激，戰意再起，捧著秘笈進洞府閉關。

能稱為絕世武功秘笈的，都是上古大能留下的，得到秘笈是一回事，但能不能領悟便是另一回事了。

肖妃苦心鑽研，三個月後出關，帶著滿滿的戰意向殷澤挑戰。

「我雙腳不離地，單手跟妳打。」

這狂妄的語氣令她陰惻惻地笑了，不說廢話，直接殺過去。

望月峰的日子太安逸了，不像在妖界，就算妳不打，別人也會找妳打，逞凶鬥狠是常事。

到了望月峰後，雖然平日她可以跟月寶切磋，但這種切磋就像隔靴搔癢一般，她頭殼壞了才去跟段慕白的女人認真打。

找仙獸打更不可能，那些仙獸只會跟她捉迷藏，跑得不見人影。

對象是殷澤就沒有顧慮了，狠狠打，往死裡打！

一刻過後，肖妃躺在地上喘息。

「不錯，修為增加了。」

能得到兵器之王劍邪的讚美，那可是極難能可貴的，肖妃心中得意死了，雖然只維持了一刻，但跟先前被他一腳輾壓在地的情況相比，這次的修為大躍進哪！

肖妃躺在地上，累得連指頭都不想動，任由殷澤將她打橫抱起，直接御劍而行，飛向秘境。

秘境入口的戰爭打完了，但仍有滄浪派的弟子守在那裡。

劍邪大人依舊目中無人，用披風裹住他的女人走進秘境。

一回生，兩回熟，肖妃對於殷澤不由分說就把她衣裳扒光，兩人赤裸地泡在溫泉裡，已經沒有意見了。

她現在身體又累又痠疼，軟軟地靠在他的胸膛上，享受溫泉的滋潤，舒服得吁了口氣。

殷澤一邊幫她推拿身上的瘀血，一邊對她說：「妳應該可以更好才對，那本秘笈能給妳的，可不只這些。」

肖妃聞言，睜開晶亮的美眸。「怎麼說？」

殷澤一邊幫她按摩筋骨，一邊低低跟她解說。大掌緩緩揉著她的肌膚，掌心下觸感滑嫩……

肖妃認真聽著，還調整了個舒服的姿勢，好讓自己仔細聽他說。

誰知男人說到一半突然沒了聲音，肖妃疑惑抬頭。

「怎麼不講了？」

「該泡冷泉了。」

殷澤抱她起身，而她也很自然地用雙手勾住他的脖子來保持平衡。

兩人換到冷泉，繼續泡著。

「奇怪，哪來的血腥味？」她又嗅到了。

「殺了隻凶獸。」

他把手中捏死的凶獸給她瞧一眼，便丟到一邊去。

死去的凶獸很快被其他凶獸搶食，吞吃入腹。

殷澤也很想將她吞吃入腹，但時機未到。

忍著！

肖妃不疑有他，滿腦子都是上古大能的武功秘笈。

不得不說，殷澤的悟性確實很高，經他這麼提點，有如醍醐灌頂，令她學到不少。

於是，兩人從彼此疏離的狀態下，成為切磋招式的對手。每次酣暢淋漓地打完後，就去秘境泡澡。

每回她都累得癱在地上，然後被殷澤扛走。按照慣例，他一邊指點她的缺失和進步之處，一邊揉捏她的肌膚，從頭到腳。

殷澤一臉正經地幫她推拿身子，腦子裡想的卻是，她的肌膚似乎更細滑了，這胸部也比以往大了點，屁股更飽滿了，顯得腰身更細了……

劍邪大人親自用自己的手掌，幫懷中的女人重新丈量尺寸。

肖妃被揉捏得太舒服，閉上眼睛昏昏欲睡，直到下面傳來些許異樣。

她的屁股好似磕著一根什麼東西。

他那裡硬了。

在她意識到那是什麼時，突然醒了。

「正常反應，妳不用在意。」不待她開口，殷澤已經先堵住她的話。

在不在意應該是她說了算吧？

肖妃看他的目光很微妙。「怎麼突然有反應？你之前可沒有。」

他的表情平淡，聲音有些慵懶，漫不經心地說：「不是沒有，只是在忍著罷了。」

肖妃驚訝地盯著他，而他只是慵懶地瞟她一眼後，便閉目養神。

肖妃眨了眨眼。他這是……親口承認自己對她的魅力無法招架？

倘若殷澤是一臉色鬼模樣對她說這話，肖妃可能會擺臉色給他看，並立刻離開，但他卻神情淡然，彷彿只是告知她而已，說完也不理她，似乎不打算對她做什麼。

這感覺就好像在說：對，妳很好吃，但本君不吃。

丟了一句撩撥人的話後就不理她了，也不知道這人是什麼意思！

偏偏還是在她認定對方肯定對自己已經沒興趣時，又來勾引她！

她對殷澤原本就存著勝負心，自己唯一自傲的，就是能用美麗的身子拿捏他，當發現他無動於衷時，她還不解氣了一陣子呢。

她之所以拒絕他，是因為他太粗魯，毫無技巧可言地橫衝直撞，她痛啊！所以不肯讓他再碰自己。

也不知是他這陣子的態度表現良好，還是因為自己的修為提升許多的關係，竟讓她有些心癢癢……

只消她一動，那根抵在雙腿間的硬物就會磨著花心，刺激得讓她有些心猿意馬。

雙修有助於提升功力，但雙修向來講求兩人功力相當，在陰陽調合時，才能互利。

所以她與殷澤雙修，其實真正占便宜的是她，殷澤得不到任何實質上的利益，頂多就是與女人睡了一覺而已。

肖妃擰眉。難不成他是嫌棄她修為太低，所以即便那裡硬了，也要忍著？

是了，這不正好說明他為何突然找她切磋，還突然大方地把秘笈直接送給她，並指導她功法，還帶她來泡泉水療傷，待她康復了又來找她打一場。

他這是嫌她進步得太慢呀！

不能怪她把殷澤想得太黑，因為誰會想到冷傲不羈的劍邪大人，會為了討好一個女人而花心思去研究哄女人的手段，說出來肯定沒人相信。

肖妃本著軟鞭靈不能被劍靈看低的尊嚴，加上不肯吃虧的個性，決定來好好地回報劍邪大人。

不肯吃她是吧？沒關係，本妃自己來。

她用雙腿把鐵杵一挾，還順道扭了扭屁股。

殷澤鼻血噴了，來不及掩飾，只能狼狽地用手摀著鼻血。

「不要亂動。」他咬牙警告，這還讓不讓人活啊！

劍邪的血讓附近的凶獸躁動不安，也讓肖妃躁動了。

這都憋出血來了還硬撐？

她若不想要就算了，一旦她想要，哪裡輪得到他拒絕，必讓對方「一瀉千里」。

她抬高屁股，對準男人那裡，猛然沈腰坐下。

我操！

殷澤如遭雷亟，背脊挺直，好似一股電流從頭頂貫穿龍骨腰椎，一路麻到腳底。

他不忍了！

男人的威壓散開，如一道鐵牆將兩人籠罩，禁止任何人獸打擾，也禁止懷中的女人逃跑。

他圈住女人的腰，開始挺進撻伐。

這是她自找的，不能怪他衝動，他本來是要慢慢來的，現在卻等不了了。

水波蕩漾，女人趴在池邊，男人從身後緊抱，有力的腰身似有用不完的精力，隨著每一次的撞擊，更加深入花徑。

慾望是一道門，一打開就關不了。

這門雖然是肖妃先開的，但何時關門，卻由不得她。

她差點忘了，男人的劍一旦出鞘，便很難收回，幸虧她這陣子功力大增，加上泉水的療效，似乎讓她的身子更有彈性，能承受他更粗魯的撞擊。

肖妃不貪，一次吸飽了男人的陽精後，就想打道回府。

按照先前的經驗，男人恐怕食髓知味，不肯放人，所以她已經做好準備，要是他不同意，她就跟他翻臉。

但這一回，她又料錯了。

「睡一會兒吧。」

殷澤施了個法術將她身子弄乾後，親自為她穿上衣物，接著抱起她。

回到望月峰後，他逕自將她抱回洞府裡。

「好好休息。」在她額上印下一吻，他才離開。

肖妃目送他離去，對他如此溫柔感到意外。

在泡完澡又做了回激烈的歡愛後，她打了個呵欠，沈沈睡去。

她醒來時，發現洞府裡不只她一人，殷澤就坐在她旁邊。

她怔住，繼而擰眉。

「你——」

「妳醒了，來看這個。」他將東西遞給她。

她的目光被眼前的東西吸引。「這是？」

「兵器譜。」

她好奇地看著兵器譜，上頭羅列一百名的兵器排行，不過這些排名是浮動性的，也就是說，只要有人在挑戰中贏或輸，兵器譜上的名次便會立即更新。

每回肖妃要打聽兵器譜排名都得去妖界的萬北城，看的還是人家貼在大街上的榜單，跟著其他人擠著看。

只有大幫大派才有這種即時的兵器譜排名，想不到殷澤這裡竟有一份。

她盯著兵器譜，上頭的名次和名字時有變動。

她找到自己的名字，發現前頭第八名和第九名已經對調，也就是說，第九名打敗第八名，上升一個名次。

「以妳目前的能耐，也該往上升了。」

肖妃目光一亮。

是呀，她在望月峰從未停止修煉過，又有好丹藥提供，以及靈氣充裕的洞府可以用。

突然，身子一輕，她被抱到他腿上坐著，目光灼灼地盯著她。

「多吸吸本君的陽精，妳起碼可以升上三個名次沒問題。」

「……」

這才是他出現在洞府的真正目的吧？

她想了想，也罷，這陣子確實多虧了他，讓她功力突飛猛進，加上昨日的歡愛，她也有盡興，休息一晚，養精蓄銳後，確實有些「餓」了。

殷澤感覺她的身子放軟，依偎著他的懷抱，立即明白她不排斥。

昨日是憋太久了，忍不住莽撞了一回，事後怕她不舒服而惱他，於是故作君子送她回來，沒有再纏著她。

今早過來，就是想試探她的態度，拿這本兵器譜給她，果然取悅了她。

他能看懂她眼神中的雪亮，沒有兵器靈不在乎自家兵器排名的，從日日與她過招之中，更加明白她對提升修為的渴望。

她想晉升，他願意成全她。

他的手指穿過她剛睡醒未梳理的長髮，扶住她的後腦，薄唇貼了上去。

前戲很重要——話本上說的。

昨日沒機會表現的前戲，今日補給她。

他花了很多時間去親吻她、撫摸她，女子的胴體比男人敏感得多，她們會用身子記住男人的狂野與溫柔。

肖妃本已做好被他急色粗魯對待的心理準備，卻意外發現他不同以往。

他會細細吻她的唇，與她的丁香小舌糾纏許久，他的掌心沿著她身體的曲線往下探索，在她身上到處點火。

當他藉由推拿按摩來撫摸她的身子時，便已經記住她的敏感點。

如果他有心開墾女人的身子，那麼她將會發現，他的耐性跟他的天分一樣出色，只看他肯不肯而已。

肖妃目光迷離，嬌喘挾著細細的呻吟，在他的吮吻逗弄下，軟得如一汪春水。

殷澤還沒進入她的身體，她便已經在他的手口並用下，達到極樂之顛了。

她美眸濕漉漉地看著他，對他的功夫大增感到不可思議，她尚未喘口氣，他又親吻她的嘴。

這只是前戲而已，溫柔也只是一時，他的侵略性，現在才開始。

肖妃最近被餵養得很滋潤，她粉面含春，膚色如玉，還散發著淡淡的晶瑩，越來越有禍國妖姬的模樣。

這些，都是被段澤「伺候」出來的。
他們雙修的事，當然瞞不過段慕白——的寵妻，月寶。
月寶也被段慕白滋潤過，最明白女人那臉上的笑是怎麼來的，被寵愛的女人，連頭髮都是閃亮的。
「真沒想到，你倆會彼此相愛。」肖妃是她的契靈，月寶當然為她高興，忍不住感嘆。
肖妃聽了她的話，卻是莫名其妙地看了她一眼。
「誰說我們相愛了？」
月寶頓住，驚訝問：「難道……不是嗎？」
「當然不是。」肖妃一副看透世理的奸笑。「本妃只是征服了他。」
月寶眨了眨眼。「有差嗎？」
「差多了。」
肖妃可是在皇帝後宮成精的，日日吸收後宮女子的怨氣，因此她生出靈智後，便入了妖界。
後宮佳麗三千，只為爭奪一個男人的寵愛，讓容貌再美的女子，也成了蛇蠍心腸。

所以在肖妃的認知裡，男人是要去征服的，不是去愛的，而且她也不懂愛。

至於殷澤對她的態度，那當然是好色了。

他若不好色，她如何用美色來征服他？她可是有帝王寵姬的魅力呢。

聽完肖妃這一番無愛唯色的理論，月寶只能無語，敢情她這陣子瞧見肖妃窩在殷澤懷裡，那些表現出來的親熱是裝的？

「當然不是裝的，他將本妃伺候得舒服，本妃當然盡情享受。」

月寶聽完，一臉便秘地走了。

大概是這話後來傳到段慕白耳中，他召喚肖妃來見。

肖妃心驚膽跳，心想自己只是實話實說，但想到月寶當時聽完後的臉色，肖妃便極為後悔。

月寶與段慕白正濃情密意，自己不假思索地對她說了那些話，不等於是在告訴她，男人都是好色的嗎？

雖然她的確認為段慕白是好色的，不過只限定月寶一人。

在去落霞居的路上，肖妃思索著該如何平息劍仙大人的怒火，免得他對自己發飆。

要知道，劍仙大人在人前道貌岸然，私下可是極為護短，將月寶寵上了天，因為月寶是他從魔界搶來的，把她帶回天上養著，可不就是寵上天了？

肖妃這一路上，把後宮女人的思考模式全方位想了一遍，最後確定這些小心思都鬥不過劍仙大人。要說鬥心機，劍仙大人可是開天闢地第一把交椅。

最後，她決定豁出去了，若是劍仙大人罰她，大不了事後她去殷澤那裡多多採陽補陰就是了，不虧！

然後，便如殷澤的不按牌理出牌，段慕白更是高深莫測，肖妃猜了半天，完全猜錯了段慕白的心思。

他叫她來，只不過是身為她的主人，在她的雙修路上，給她點實質的建議罷了。

「妳成精成形之地是凡間的權力中心，人性明暗彰顯，妳雖浸染其中，卻腦子清明，不受影響，反而將那男女淫事看得清清楚楚，這便是妳強大的地方。

「心法與功法，孰強？魔與仙，孰弱？每個人修煉道法不同，妳得找妳在行之處修煉。所謂強大，不光是武力，石頭堅硬，水流柔軟，但滴水卻能穿石，所以孰強孰弱，得看情況。

「蓮花能夠出淤泥而不染，是蓮花有不被沾染的本事，若是能守住本心，就算身在妖魔兩界，與仙界又有何差別？看似清高之人，卻只著重表象，實則禁不起名利的誘惑，一顆心被毒蛇咬了一口卻不自知，任其毒液侵蝕人心。

「這世上，正邪之所以能並存，是因為彼此襯托，又互為依存。變強有很多方法，武力只是其一。妳生性柔軟，須知柔能治剛，世上的感情有千百種，不同的屬性產生不同的情愛方式。依本仙來看，能夠讓殷澤願意不厭其煩地動手動腳又動口的人，這才是妳真正的強大。」

段慕白身為主人，對殷澤與肖妃的結合十分樂見其成。要知道，情也是一種修煉。這兩個兵器靈空有人形，但欠缺人心，也該提升一下靈性的層次了。

說完一席話後，段慕白笑咪咪地對她擺擺手，叮囑她記在心上後，便讓她退下了。

自始至終都沒有責備她一句，反而鼓勵她。

肖妃一臉納悶地走出來，正好與前來的殷澤打了照面。

「段慕白也叫妳來？」

也？

肖妃心想，原來段慕白是叫她和殷澤兩人過來，不只有她啊！想到適才段慕白的諄諄教誨，八成也是要跟殷澤說教一番。

殷澤摟住她的腰，在她唇上輕啄，幫她將耳邊的幾絲鬢髮繞到耳後才進屋。

肖妃看著他進了屋子，殷澤對她白日溫柔，晚上狂野，對照段慕白說的那一席話，她唇角勾起了笑。

沒錯，這天地只有她肖妃可以讓世人畏懼的噬魔劍化為繞指柔，上得了廳堂，進得了洞房，鬥得過妖魔，打得了仙界。

她才是最強的！

肖妃腳步輕快地回到洞府。這時候，段慕白對她說的一席話，她雖記住了，卻還不明白其中深義，而這些話將是她日後突破修行的重要心法，讓她內外兼具，成為一個真正的人。

至於殷澤，從落霞居出來後，便去洞府找她，與她一夜纏綿，隔日便離開了望月峰。

肖妃那時候才知道，月寶的修行將要突破，必須閉關，而段慕白為了護她，也會陪她一起閉關。

洞府閉關不知年歲，月寶這次閉關，不知下次再見是何年何月了。

閉關之前，段慕白派給殷澤一個秘密任務，讓他出山而去。臨行前，殷澤特來告知她，並順便吃飽了再走。

肖妃有些捨不得，畢竟這段日子被殷澤養刁了胃口，他一走，她一個人便有些乏味。但她認為自己的不捨，只是對兩人雙修的留戀罷了。

興許是分離在即，所以這回她特別熱情，主動送上小舌，在他胸口那五條橫線上舔了舔。

殷澤目光轉深，翻身將她壓在身下，禮尚往來，在她身上處處留下他吮吻的烙印。

他的力道加大，多了幾分粗魯，引得她呻吟抗議。

他盯著她，見她沒有因此而推開他，他心想，她的承受度變大了，果然每日的切磋訓練是必要的，讓她更能包容他的粗野和霸道。

死纏爛打加上甜言蜜語果然奏效，殷澤覺得自己終於征服了她，而肖妃也覺得，能讓霸道固執的他為自己下功夫精進歡愛的技巧，是她征服了他。

兩人各自找到成就感，十分契合又十足滿意。

而肖妃日後才知道，這是兩人最後的溫存。

殷澤這一別，從此失去了消息。

第十三章

「我要知道劍邪的下落。」

四方酒樓的特等包廂裡，肖妃拿出一顆上品靈石擺在桌上。

方六郎看到上品靈石，目光都亮了。

「需要一些時間。」

「多久？」

「三日後。」

「我三日後再來。」

留下一顆上品靈石做為押金後，肖妃帶著俞勇離開。

自從收到墨飛傳來的求救信後，肖妃便出了望月峰，趕到四方酒樓打聽。

墨飛是跟著殷澤一起離開望月峰的，有殷澤在，墨飛絕對安全，因為這三界中，能從殷澤手中把墨飛搶走的也只有段慕白有這個本事，卻沒想到，最後出事的會是殷澤。

墨飛傳來的訊息很簡短，恐怕是慌忙中送出的求救信，信上只有簡短四個字——

殷澤有難！

除此之外，沒別的消息了。

偏偏這時候段慕白和月寶閉關，正是重要時刻，肖妃便留下訊息，帶著俞勇匆匆出山。

到了第三日，四方酒樓有消息了。

當方六郎將靈石退給她時，肖妃心中一沈。上次退靈石的時候，也是因為他們查不到墨飛的蹤跡，難道這一次……

「這次的消息只收三顆下品靈石，因為咱們只能查到他最後消失的地點，但無法知道人在何處。」

肖妃眉頭一鬆。

有總比沒有好。

「行，成交。」她收回上品靈石，遞了三顆下品靈石給方六郎後，便又匆匆出了特等包廂。

俞勇在一樓等她，她正要叫俞勇時，不禁愣住。

此時俞勇四周圍滿了女子，那些女子一個個對他笑得心花怒放，被圍在中間的他正逗得姑娘開心，一派風流公子的模樣。

這傢伙什麼時候這麼有女人緣了？

俞勇抬頭見到她，朝她揮了揮手，接著不知道他與那些女子說了什麼，那些女子全都依依不捨地對他揮著手中的繡帕。

「走吧。」俞勇道。

「……」肖妃盯著他臉上的口紅印，又是一陣沈默，待兩人出了酒樓後，她才似笑非笑地打量他。

「不錯嘛，你對付女人的功夫見長啊？」她都不知道他何時也學會男人的風流了。

俞勇擦擦臉上的口紅印，得意道：「過獎過獎，老子的確下了一番苦功。」

本妃是在嘲諷你！嘲諷，懂嗎！

肖妃自己都忘了，當初還是她鼓勵他，若是找到合適的女人就去雙修，增進修為。俞勇把她的話聽進去了，加上墨飛從旁協助，俞勇看了才子佳人的話本和小書，讓他短期內增加不少書香氣息。

肖妃不知道，自己當時故意藉俞勇之口，目的是讓殷澤好好改善技巧，學會伺候，懂得伏低做小。

這三樣條件，俞勇全部認真記住了，發憤用功。

想當初他在妖界，修煉只能靠自己摸索，又無人指導，加上腦子也不好使，最後才會誤把猴子當成人身來修。

隨著肖妃來到仙界後，整個層次一下子提高了不少。

望月峰有充裕的靈氣，每天吃好、穿好、住好，還有靈石可拿，又有高人指點，武有殷澤，文有墨飛，讓他的功力增進不少，跟往昔比，簡直不可同日而語。

俞勇再次慶幸，選擇跟著肖妃是他做過最正確的決定了。

兩人循著四方酒樓給的地點而去，目的地是九重山。

九重山的範圍很大，原本肖妃以為要找好一陣子，卻不巧那兒發生了一場戰爭，將他們引去。

仙妖魔都來了，三方都擺了陣法，不准對方越雷池一步。

肖妃和俞勇躲在附近，眼看這個陣仗，似乎是為發現什麼寶物而爭執不休？

她偷偷抓了個小妖來審問，聽了不禁大驚。

九重山發現新的秘境。

自古秘境是追求寶物和修煉之地，因此當發現新的秘境時，各幫各派便會派出大量人馬來搶占。

這場對峙，便是為了守住秘境的入口。

「小的沒見到劍邪大人……」小妖簌簌發抖地說。

據他的說法，現場人馬為了搶占秘境，除了派人看守入口，還有不少人已經進去了。

小妖被她下了術法，不會說謊，但肖妃有個強烈的直覺，殷澤必是進入秘境了。

一入秘境，受禁制所限，消息必然中斷，所以四方酒樓才無法得知殷澤確切的地點。

「本妃要進秘境。」肖妃下了決心。

俞勇立即道：「老子跟妳去！」

新的秘境肯定有許多寶物尚未被人奪去，俞勇傻了才不跟。

「你可想好了？這新的秘境不知凶險如何，也無從得知，連本妃都沒把握能護你周全。」

俞勇拍胸脯道：「老子可不是貪生怕死之輩，老子要與妳生同衾，死同穴。」

肖妃嘴角抖了抖。這廝哄女人的功夫見長了，亂用句子的毛病也更嚴重了。

三方人馬都在阻止對方進入秘境，好讓已經進入秘境的自家門人能夠少一些敵人，因此肖妃若要進去，得瞞著他們。

幸虧，她有法寶。

她抓住俞勇的手腕，捏了個訣，以靈氣罩住兩人，接著啟動隱形法寶，讓兩人瞬間隱形，當著三方陣營的面，就這麼順利地混進秘境裡。

新的秘境跟以往的不一樣。

肖妃一進來時，立刻就感覺到了。

上古大能留下的秘境通常都有原始的森林、湖泊、河水，或是飛沙走石，處處藏著凶險。

可是她一進來，便身在一座城裡。

站在人來人往的大街上，肖妃有些茫然，一時之間懷疑自己是不是在凡間呢？

大街兩旁是各式各樣的店鋪，攤販聚集，此起彼落地叫賣，馬車穿梭在大街上，就像當初她還是一個小鞭靈時，在凡間城市看到的一樣。

肖妃都要懷疑自己是不是經由什麼入口，到了凡間某個城鎮了。

「俞勇，你在哪？」

一進入秘境，兩人就分開了。

秘境設有禁制，即便兩人手牽手一起進入，禁制也會將兩人傳送到不同地方，她得先找到俞勇再做打算。

「老子在……」

聽到俞勇的回應，肖妃鬆了口氣。幸好兩人有滴血結契，就算分開也能聯繫上。

「在哪？」

「嘻嘻……老子在……修……」

「你說什麼？修？」

「在……雙修……」

肖妃眼皮跳了下。應該不是她想的那樣吧？

「你跟人打起來了？」

「老子在跟女人雙修。」

肖妃黑著一張臉。「你給我等著！不准亂睡！」他們進來還不到一刻，她忙著找他，他卻忙著睡女人！

她有不好的預感，為了蠢斧頭的貞操，火速趕去，最後憑著兩人之間的感應聯繫，終於在一家青樓找到他。

當肖妃到時，俞勇光裸著上半身，只剩一條遮羞布蓋在下半身。他躺在床上，圍著他的可不是只有一個女人，而是一堆女人。

肖妃及時把他從女人堆裡拎出來。俞勇雖蠢，卻絕不好色，這美醜不分的傢伙，怎麼可能做出這種癡迷女色的模樣？

肖妃將他拎出來的同時，用靈識掃向四周，防止有詐，確定沒人躲在暗處設局，她立即拉了俞勇要走。

俞勇突然抱住她。「好妹妹，來，給哥哥香一個。」

香你個頭！

肖妃左右開弓，賞他兩巴掌，簡單粗爆，卻很有效，直接把俞勇打醒了。

俞勇一臉懵地看她。「肖妃大人？」

「醒了？」

俞勇狐疑，不知身在何處，當發現自己全身一絲不掛時，驚慌得用雙手遮住重點部位，害羞地看她。

「妳想幹什麼？」

肖妃氣得一腳將他踢走。「本妃就算要挑，也不會挑隻猴子，把褲子給我穿上！」

俞勇急急忙忙把衣裳穿好，打量四周，看清楚後，顯然也感到驚訝。

「老子怎麼會在這裡？」

肖妃瞇起眼。「果然……」

這地方有古怪，俞勇顯然受到什麼蠱惑，神智不清，若不是她趕來，他不但丟了元陽，還被人輪姦了。

「先出去再說。」

兩人尚未走出酒樓，就被人擋住去路。

「客倌在離開之前，是不是該把帳給清一清？」擋在前面的女子打扮得花枝招展，一臉刻薄相。

「若是拿不出靈石，休怪我不客氣。」另一名男子則是一身華服，表情是見錢眼開的鐵公雞樣。

肖妃即便知道這座城有古怪，還是忍不住額角微抽。

她認得這兩人，女人是滄浪派長老葉棠，男人是狼太子夜離。明明是死敵，現在卻當起了青樓的老鴇和龜公，一起向她討要銀子？

肖妃忍了忍，最後考慮到兩人的武力，決定肉痛地付清帳款。

兩人一得到靈石，立即笑逐顏開，送他們出去時，還頻頻哈腰，歡迎他們下次再來。

肖妃臉黑，拉著俞勇出了酒樓，看到門口拉客的姑娘，又是一陣眼角微抽。

在青樓外頭拉客的姑娘們是狐族女人，不僅如此，酒樓外的小販們俱是平日高高在上的仙界弟子，這時候卻提高了嗓子對路人叫賣，那模樣怎麼看怎麼詭異。

這一路逛來，不管是魔族人、妖族人或是仙界弟子，他們皆分布在城中各處，各有各的身分，而他們似乎也都沈浸在自己的角色裡。

整座城中，只有她是清醒的！

肖妃百思不解。

這些人中，有些人的功力不輸她，甚至比她更高，連他們都中了幻術，為何唯獨她沒有？

肖妃帶著俞勇找了間客棧，丟了靈石給店小二後，便拉著俞勇去開房間。

「這個秘境很古怪。」

肖妃將她一路看到的全部告訴俞勇，並質問俞勇，把知道的全說出來。

「……老子進來後，人就站在青樓前，那些女人一招手，老子也不知怎麼的，就糊裡糊塗跟著她們進去了，一切好似理所當然，就像……對了，像作夢一樣！」

果然是幻術！

肖妃心中一沈。秘境中設有各種陷阱和陣法，其中最難纏的，便是幻術。她自己不曾遇過幻術，卻時有耳聞，曾有人在幻術中與敵人廝殺，醒來後，才知道自己殺的是同門師兄弟。

這整座城池，恐怕都在幻術的範圍內。

「記住，這座城裡吃的、喝的、賣的，甚至任何人，都不可以碰。」

在肖妃的警告下，俞勇用力點頭，想到適才被一群女人圍著，他也是心有餘悸。

兩人決定先把這座城池探查清楚再做打算，肖妃也擔心，倘若殷澤在這座城中，恐怕也中了幻術，才會遲遲找不到下落。

想到此，她心口鈍鈍發疼，連她自己都沒發現，無形中，殷澤的生死已經讓她產生非比尋常的心焦。

她和俞勇在城中一路小心走著，好在都沒人來找碴。

肖妃一邊勘查地形，一邊暗暗留下記號，說不定墨飛看到，便會想辦法聯繫她。

這城中的人，有些她認得，有些她不認得，但對於他們身上的氣，她卻能嗅出來。

有一對夫妻，丈夫是仙界人，妻子是魔族人，小孩是妖獸，一家和樂融融。又或是明明是死敵，在這裡卻成了兄弟，兩人兄友弟恭，勾肩搭背。

肖妃一路看下來，起初看得膽戰心驚，但逛著逛著，竟逛出了趣味。

自古仙魔兩方碰頭，不是往死裡打，還是往死裡打，可是在這座城裡，仙妖魔和平共處，夫妻恩愛，家庭和樂，明明是高高在上的仙子，竟成了青樓的花魁，而奸詐的妖魔，卻成了老實做生意的小販。

戲臺上的狐族人載歌戴舞，戲臺下的滄浪派弟子拍手叫好，仙人和妖怪把酒言歡……

也不知是哪一位上古大能弄出這樣的幻術，簡直就像是……惡作劇！

肖妃十分慶幸自己是清醒的，俞勇被她打醒後，也稍微能夠保持警戒，只除了途中一次受到幻術吸引，差點去上一隻母猴子，被肖妃一拳打醒，才保住母猴子的貞操。

她狠狠瞪了慚愧的俞勇一眼，真是禽獸不如！

在逛遍大街小巷後，還是沒找到殷澤，肖妃的目光便轉向了北方。

那裡立著一座雄偉的宮殿。
這座城她全逛遍了，如今只剩下那座又高又雄偉的宮殿還沒去。
她瞇起眼，聽城中百姓說宮殿守衛重重，戒備森嚴，若是有人敢擅闖，恐怕會被當場處死。
得想個辦法進去才行……
正當她在思考時，附近的騷動引起她的注意。
只見百姓們聚在一處牌坊前，互相推擠，似乎在爭看什麼。
「這位大嬸，請問發生了何事？」肖妃找了個大嬸，客氣地問。
「王宮在徵求美人啦！」
「徵求美人？」
「可不是？若有人肯奉獻美人入宮，被殷王看上了，有大賞！」
肖妃一聽，目光略閃。「殷王？」
「當然！咱們的殷王就住在那雄偉的宮殿裡。」
肖妃心中一動，盯著宮殿，覺得自己的猜測可能是對的。
大嬸上下打量她。「您是外地來的對吧？」

「是啊。」

「那您問對人了，我可是包打聽，問我就對了。」

「請教那殷王叫什麼名字？」

「他叫做殷王。」

「他長的是什麼模樣？」

「他長得好看。」

「他的修為如何？」

「他很厲害。」

肖妃沈默地看著眼前做大嬸打扮的滄浪派女長老，對方正一臉陶醉。

「我要是年輕一百歲，也進宮去拚一拚，說不定就被殷王相中了呢！」

肖妃轉身，不囉嗦，決定抓另一個人來問，誰知一問之下，答案全都跟大嬸一樣！

他們的回答只有三條線索——殷王，好看，厲害，便再也問不出更多消息了。

肖妃離開人群，直直盯著那座高聳的宮殿沈思。

她懷疑殷王就是殷澤，她必須親自去看看。

「咱們得想辦法入宮。」若不親眼看，她不死心。

俞勇聽了卻是不大贊同。「聽說那宮殿戒備森嚴，咱們只有兩個人，恐怕打不過。」

「不用打，咱們光明正大地進去。」

「怎麼光明正大？」

「你沒聽那大嬸說，宮殿正在徵選美人。」

俞勇更加反對了。「妳要恢復面貌進去？這怎麼行，我是個男人還好，妳是女人，要是到時中了幻術怎麼辦？」

一扯到安危，他的忠心就顯現出來了，既然成為她的手下，他便要誓死守護她。

此時的肖妃是老太婆的模樣，若要進宮，必得恢復真面目。俞勇雖然美醜不分，但起碼也知道她是難得一見的大美人。

「不行，老子不能讓妳冒著危險進去！」

「放心，本妃很安全的。」

「可是——」

肖妃笑咪咪地伸手搭上他的肩。「你說過要與本妃共生死，生同衾，死同穴，可是認真的？」

俞勇一聽，立即挺起胸膛。「當然，老子可是斧頭幫老大，一言既出，駟馬難追！」

肖妃笑咪咪地說：「你放心，本妃不用你同衾同穴，只要你為本妃做一件事就好。」

第十四章

「不行吧！」

「行。」

「可是──」

「沒有可是。」

「肖妃大人……」

「男子漢大丈夫哭什麼？難看。」

「妳也知道老子是男子漢大丈夫，為何要老子扮成這樣啊！」

俞勇簡直欲哭無淚，因為肖妃要將他扮做美人獻給殷王，所以將他變成了女人。

不得不說，化身女人的俞勇與男子的他不分軒輊，一樣美，一樣讓人驚豔。

「這是咱們混進去最快的辦法，反正你是男人，又不吃虧。」

原來那化形丹有分男女，吃了女子化形丹的俞勇，變成了婀娜多姿的大美人，在肖妃的軟硬兼施和威脅利誘下，由不得他拒絕。

變成女人的他姿色如仙，柔弱若柳，配上濕漉漉的美眸，真是我見猶憐，魅惑眾生，但前提是他別開口，也別做動作。

「正因為老子是男人，才怕吃虧啊！」

開口閉口就是老子，兩手握拳，兩腿站得開開的，再美的女人一擺出這副金刀大馬的樣子，也破壞了美貌。

肖妃當下就陰惻惻地警告。「若是進不了宮，你就離開吧，本妃與你解除契約。」

俞勇別的不怕，就怕失業。

「別別別，老子……妾身、妾身願意！」

俞勇最終乖乖扮成美人，硬著頭皮去徵選入宮。

花容月貌的他只要不開口，走路姿勢修正一下，果然就被徵選上了，得了進宮的牌子。

而扮成他「奶奶」的老太婆肖妃，自然也能隨著「孫女」進宮去受賞。

進宮那一日，雖然明知是幻術，但肖妃也不得不讚嘆這座宮殿的雄偉。

它立在半山腰，居高臨下地俯瞰著整個城池，不像其他宮殿那般富麗堂皇或金碧輝煌，相反的，它沈肅得懾人。

整座宮殿用黑色石頭打造，殿外由侍衛重重防守。他們人高馬大，手中拿著黑劍，穿著一身鐵灰色的盔甲。

被徵選上的姑娘們以及將她們奉獻的人，被徵選者領著進入殿門，殿門後是長長的大道，兩旁並列著身姿如劍、氣場強大的士兵。眾人穿過他們，緩緩上了階梯，最後才走到內殿，由內殿的侍官領眾人入內。

一入內殿，一股壓迫感襲來。

空蕩蕩的內殿充斥著壓抑的冷銳氣息，令所有人都打了個冷顫，沒人敢發出一點聲響，不自覺地屏住了呼吸。

在大殿之上，肖妃終於瞧見那位高坐在龍椅上的男人。他一身黑袍，五官融入在昏暗的陰影中，只能隱約看出輪廓，卻識不得真面目。

大殿兩旁的石柱上是點燃的火把，照得殿內影影綽綽，將眾人伏跪的影子拉長。

肖妃也跪在地上，混在眾人之中。她的靈識不敢亂跑，因為這殿內正有另一股強大的靈識壓來，無所不在。

龍椅上的男人沒有發話，所以肖妃聽不到他的聲音，又看不清楚他的相貌，無法辨識他是不是殷澤。

一名侍者上前，傳達殷王的命令。

「大王對美人很滿意，重重有賞，各位起身隨我來。」

眾人謝恩後，便戰戰兢兢地爬起來，低垂著頭，跟著侍者退出內殿。

肖妃隨著眾人退到殿外，始終不能抬頭，因為那靈識就壓在上方，只要她稍一抬頭……不，就算不抬頭，只是抬個眼，肯定逃不過那股強大的靈識。

她只能繼續裝恭敬，對方太強大，她必須小心，好不容易混進來，不能在此功虧一簣。

眾人在殿外被分成兩路，美人跟著侍者走，而他們這些奉獻者則跟著另一名侍者去領賞。

肖妃傳音叮囑俞勇，命他安分點，她隨後就到。

眾人領了賞後，便沿著原路出宮了。

肖妃一路低頭走著，她是第一個走出宮門的人，一出了宮，她立即趁人不注意，啟動隱形法寶，在宮門關上前，又溜了進去。

她收斂自身氣息，在侍衛面前，悄無聲息地走著。

肖妃慶幸隱形法寶在這個幻術世界裡是有效的，這可給了她一個大幫助，讓她走在宮殿內，如入無人之境。

她想趁此好好打探一番。

這座宮殿十分空曠、幽暗，而且冷冰冰，外殿與內殿之間連個後花園也沒有，只有一片荒蕪，根本無處可躲藏。

她循著適才美人行經的方向而去，來到一處大院子，所有美人都聚集在此。

她尋了一圈，卻沒瞧見俞勇的身影，心中不由一沈。

「俞勇，你在哪？」

「這裡。」

得到俞勇回應，肖妃鬆了口氣。她和俞勇之間有連結的感應，有俞勇的接引，她只要跟著那感應走就行了。

肖妃一路隱形，來到一個屋子門前才現出身形，開門閃身進去。

屋裡不只俞勇一人，墨飛也在。

見到肖妃，墨飛十分欣喜。「妳總算來了。」

肖妃卻是安靜了下，她盯著墨飛，嘴角抖了抖。「你……怎麼變成女人了？」

墨飛本就生得斯文秀氣，長得一臉女氣，現在穿著一身宮女服，打扮成宮女的模樣，還真是一點也不違和。

打從進入秘境，她一路走來，親眼見到仙界弟子和妖魔將兵都被安置新的身分，因此她只當墨飛也受了這幻術的影響被變成女人，扮演著宮女的角色。

墨飛掩唇輕笑。「小生本來就是女子。」

肖妃驚得瞠目結舌，俞勇的嘴張得更大。

墨飛的解釋很簡單。「小生是讀書人，扮成男子才有地位，因為女子無才便是德嘛！」

「……」肖妃無語，只能說，文人的思維真難懂。

一旁的俞勇卻是似有體悟，對她點頭。「墨先生說得是，老子明白。」就像他必須吃化形丹變成人是一樣的意思。

他這一聲「墨先生」，讓墨飛對他露出了比以往還要燦爛的微笑，俞勇也與她相視而笑，兩個美人站在一起，頗有往好姊妹方向發展的感覺……

不不不，正事重要，肖妃甩開這怪異的想法，打斷他們「姊妹交流」的話題，問墨飛。

「妳先告訴我，這是怎麼回事？」

墨飛顯然沒有在幻術裡失去記憶，還等著他們，令肖妃十分不解。

「小生和殷澤大人進了秘境後，便遇著了幻術，殷澤大人拚命對抗，在這之前，他將小生摘了出來，命小生即刻發出求救信，這就是小生為何還有記憶的原因。」

原來如此。肖妃了悟。

墨飛又繼續說。

「所有入秘境的人，一進來就中了幻術，成了城中的一分子，殷澤大人也中了幻術，所以他創造了這座城池。」

肖妃愣住。「等等，妳說他創造這座城池是什麼意思？」

墨飛正色道：「在你們來之前，這裡正發生激烈的戰爭，眾人互相殘殺，是殷澤大人將戰爭平定，建了此城，讓眾人各司其職，就成了你們進來時看到的樣子。」

肖妃突然明白了。

幻術本是掌控人心、製造幻象的陣法，殷澤中了幻術，但他同時用自己的力量壓制幻術的力量，進而改變幻象，形成了這座城池。

所有進來的人本會在幻術中互相砍殺至死，卻因為殷澤也壓制了幻術的力量，讓大家變成了城中的一員，安安分分地扮演自己的角色。

也就是說，幻術沒有贏，殷澤也沒有輸，他成了統治這座城池的殷王，卻也無法從幻術中醒過來。

「殷澤大人給了我一個宮女的身分，好讓小生待在他身邊，除了保護小生的安全，也可以清醒等著你們的到來。」

俞勇聽了不禁佩服。「不愧是殷澤大人，太厲害了。」

「可不是？」墨飛一副與有榮焉的模樣。「幻術直指人心，向來讓所有人畏懼，殷澤大人心志堅定，才能與它打成平手。」

肖妃笑笑。「也就是說，徵選美人入宮，也是他的主意就對了？」

墨飛和俞勇兩人皆是一愣，看向肖妃。

他們都忘了，兩位大人在望月峰雙修可是一對呢。

肖妃繼續笑道：「幻術直指人心，便是將人心中最深的慾望給挖出來，我都不知道，原來他志向遠大，想占城當王，廣開後宮哪。」

肖妃在笑，但兩人卻知要糟，連蠢斧頭俞勇都看得出來殷澤大人要倒大楣了。

肖妃的確很、不、高、興！殷澤要採陰補陽是他的自由，不關她的事，但一想到先前那男人為了她，千方百計與她雙修，那些日日夜夜的同床共枕、耳鬢廝磨，還有為了討好她而放低的姿態、學習的技巧，以及種種甜言蜜語，原來都是假的。

可惜她太天真，竟認為這廝對她生出了情意，原來只是演出來的。

兵器靈天生冷心無情，她自己都生不出情，又怎會笨得認為像他這麼冷漠的男人會有情？

知道是一回事，但不高興是另一回事，肖妃覺得心口鈍鈍的疼，很不舒服！

墨飛覺得自己該為殷澤大人解釋些什麼，但尚未開口，肖妃又丟了問題過來。

「他後宮有多少美人？」

「……」墨飛不敢說。

肖妃收住笑。「後宮佳麗三千，他後宮應該有三千人吧？」

墨飛心中佩服，肖妃大人猜對了，忙解釋。「肖妃大人莫惱，殷澤大人會如此，也是因為幻術所致，肖妃大人別怪他。」

肖妃挑眉。「誰怪他了？本妃是要了解後宮美人的數量，好讓俞勇混進去，若是能把他弄上床，那就更好了。」

俞勇突然背脊發涼，屁股發麻，一想到自己和殷澤大人兩人躺在床上，他整個人都不好了，下意識躲到墨飛身後，抓著她哭求。

「不要呀，老子是男人，老子不給男人插！」

墨飛輕拍他的手背，安撫道：「放心，肖妃大人說笑呢，況且有我在，別怕。」

俞勇覺得抓住了浮木，索性抱緊墨飛。「老子的童身就靠妳了，千萬別拋棄我啊！」

肖妃見這兩人膩在一起，看了心煩，丟下一句話，說去查探一番，便甩袖而去。出了門，她立即啟動隱形法寶，沒有目的地隨意走走，覺得心煩意亂。

她也不知道自己是怎麼了，她與殷澤雙修，圖的也不過是為了提高修為罷了，這種事她在妖界看得多了，根本沒什麼好氣的，不是嗎？

她當自己只是不甘心，卻不知道，在殷澤的滋潤寵愛下，兩人日夜雙修，殷澤那兒產生了變化，她這兒豈能不受影響？

雙修雙修，修的是一雙人，不單單只是採陰補陽或是採陽補陰，殷澤都生出了情意，她怎麼可能倖免？

只能說當局者迷，肖妃身為當局者，心已經亂了。

她在宮殿裡漫無目的走著，只想讓自己的心靜一靜。

沒錯，現在不是置氣的時候，她得想辦法破解幻術，但以她一人之力，是無法做到的。既然這座城池是殷澤造出來的，那麼破解之法也在他身上。

只要能讓他醒過來，說不定就能瓦解幻術。

問題是，該如何讓他醒過來呢？

肖妃邊走邊思考，不經意抬眼，忽然定住。

前頭立了一道身影，身形挺拔如劍，一身鐵黑色的王袍，王者之氣盡現。

男人光是站在那裡，就給人強大的威壓。

肖妃直直盯住他，英俊的五官，冷銳的眉宇，線條冷硬，煞氣逼人。

她總算看清他的長相了，殷澤就站在那裡，無聲無息的，彷彿一縷孤魂，幾乎與這幽冷陰森的大殿融在一起。

肖妃盯了他一會兒，見他沒有動靜，她嘲諷地勾起了嘴角。

是了，他看不見她，多虧他的隱形法寶，讓她可以悠哉地在宮殿裡行走。

她腳步離地，朝他緩緩飄近，繞著他打量，心下嘖嘖。

不得不說，這男人穿上王袍，戴上王冠，還真有帝王相呢。

當初若不是有段慕白在，說不定這廝真能統治魔界，成為新一代的魔君。仙界又如何能安穩到現在，怕是被他領軍攻打，百年不得安寧了。

他看不見她，那麼她是不是可以趁此給他當頭一擊，把這個色胚給敲醒？

肖妃盯著男人臉上一如過去的陰沈冷漠，突然很懷念他的笑容。

其實他笑起來很好看呢，她相信只要他肯對別人笑，必是四海八荒的萬人迷，女人都願意臣服在他腳下，自薦枕席的人可以從天界排到魔界去。

隱形是最好的保護，讓她可以毫無顧忌地洩漏自己對他的依戀。

她想到那些甜蜜，想到他對自己的一顰一笑，不禁心中一酸。

她覺得自己變得很奇怪，這感覺讓她無所適從，當意識到自己看著他越久，那心中的難受越甚，她試圖甩開這種不適，所以她不再看他，轉身離去。

她想，等這次的事情解決後，她要去找其他男人雙修，說不定就可以把這難受又討厭的壓抑感去除了。

「站住。」

肖妃定住，狐疑地側過身子，看了殷澤一眼，又左右張望。

他在叫誰站住？

殷澤幽深的闇眸移到她身上，冷冷開口。「妳好大的膽子，本王的宮殿，豈是妳可以自由來去的？」

肖妃怔住，直直盯住他的眼。「你看得到我？」

殷澤冷哼，目光鄙視。「區區一個隱形法寶，也想瞞過本王的眼？」

肖妃驚愕，眸中怒火騰起，手中刺鞭化出千百條，撲天蓋地朝他襲捲而去。

這一切只發生在眨眼間，另一股更強大的黑霧壓制而來。

長鞭碰上黑霧，彷彿冰雪遇上火焰，開始被吞噬消融。

肖妃瞳孔緊縮——

噬魔劍！

她法術一收，轉身要逃，但有人比她更快，一腳將她輾壓在地。

不消一刻！她竟然連一刻都撐不住，又被他一招打倒在地！

這個大騙子！

肖妃趴在地上，受他魔威所壓迫，動彈不得，心想完了，她連一刻都支撐不住，還怎麼去喚醒他？

本以為接下來會被他的噬魔劍斬殺，但除了被踩在地上之外，遲遲不見他有任何動作。

男人突然「咦」了一聲，將她拎起來，鼻子湊近嗅了嗅。「奇怪，妳身上……怎麼有本王的氣味？」

肖妃憤怒地掙扎。「臭男人！死男人！放開我！」

殷澤沒放開她，反倒扳過她的身子，這兒嗅一嗅，那兒聞一聞，再三確認。

他沒弄錯，她身上確實有他留下的烙印。

「說，妳身上為何會有本王的咒印？」

肖妃突然停止掙扎。「什麼咒印？」

「一旦中了本王的獵咒印，就算躲到天涯海角，也逃不出本王的手掌心。」

肖妃呆了呆，問：「會死嗎？」

「不會死，但是……」他笑得邪氣。「從此便是本王的奴隸，他人碰不得。」

你才奴隸，你全家都是奴隸！

肖妃氣得張嘴往他手臂上狠狠咬下去。

「……」殷澤看著這女人像小獸般撒野，不禁擰眉。

這感覺真奇怪，換作他人，別說咬他了，連碰到他的機會都沒有，但為什麼這個醜老太婆咬他，他卻……一點也不生氣？

肖妃死死地咬著，就算把他一塊肉咬下來也不解氣。

都道男人說的話不可信，果然是千古不變的定律。

他教她招式，為她解說秘笈，助她修煉，還讚她功力大增，兩人切磋時，能撐住他一刻，他已經無法用一招就打敗她。

事實上，是他故意讓她。

他還把隱形法寶讓給她，假裝看不見她，事實上他看得一清二楚。

他還在她身上偷偷留下咒印，打定主意不叫別人碰她，只能任他蹂躪。

裝吧！你就裝吧！要不是老天有眼，讓他困在幻術裡，她還不知道要被他耍多久呢！

她氣死了，因此下死勁地咬，偏偏這皮肉跟兵器一樣硬，她咬了半天，也只咬出一點血來，疼的卻是她的牙。

肖妃鬆開嘴，她的牙疼得都流出淚花了。

殷澤盯著手臂上的血牙印，用舌頭去舔那上頭的血，不知怎的，竟有一股芳香的美味，撓得他心癢，莫名飢渴。

他擰眉，把女人給拎高，一雙銳利的眼仔細打量她。

真醜！

他手一甩，嫌棄地將她丟開，肖妃的身子以拋物線的弧度，朝牆上那一排尖刀摔去。

她此時已經力竭，只能任由身子拋飛，卻在尖刀刺穿身子前，突然在空中停住，彷彿有一股無形的力量拉著她，接著又將她吸回去，落回男人的懷抱裡。

殷澤緊緊盯著她，彷彿遇到了什麼令他不解的難題。

他竟然捨不得殺她？為什麼？在她的身子即將被尖刀刺穿時，他為什麼會心慌？

「說！妳對本王下了什麼蠱？」

肖妃只回了他一句。「去你娘的王八蛋！」罵完後，兩眼一閉，昏死過去。

第十五章

肖妃在地牢中醒來。

她試圖闖出地牢，卻失敗了。

這樣可不好，若是她一直被關在牢裡，豈不是永遠出不去？即便她沒有受幻術影響，但也跟陷在幻術裡是一樣的。

肖妃在地牢裡來回走動，當時她是氣急了，現在冷靜下來，開始把許多她當時沒在意的一些細節重新梳理清楚。

在幻術中，只有兩個人是清醒的，她與墨飛。

墨飛清醒，是因為殷澤讓墨飛清醒，給她一個宮女的身分，讓她可以安然無虞地待在他的身邊。

那肖妃自己呢？

她猜測自己在幻術城池中還能保持清醒，肯定也跟殷澤有關，證據便是殷澤本來要殺她，卻在最後一刻收手，沒讓她被尖刀穿透身子。

他說，在她身上聞到他的氣味。

他還說，他在她身上下了獵咒印。

肖妃有預感，她在地牢裡不會待太久的。

果不其然，她不過閉目養神半個時辰，牢頭就來了。

跟著牢頭來的是一名侍官，將她領了出去，把她帶到漿洗房。

「大王饒妳不死，今日起，妳就在這裡好好幹活，把這一堆衣物洗乾淨。」

肖妃看著那堆得又髒又臭的衣物，然後睨對方一眼，冷笑一聲，轉身就走。

「站住，回來！」

侍官一聲令下，其他手下堵住肖妃的路，將她圍困住。

肖妃回過身，冷哼。「老娘不幹這種髒活。」

「妳敢違抗王的命令?!」

「我就違抗了，你想怎麼著？」

「將她抓起來！」

肖妃挑眉，結果是她將這些傢伙揍得屁滾尿流，還驚動了王宮的侍衛，將她重重包圍，用刀劍指著她。

肖妃求之不得，她正好試試殷澤對她的底線在哪裡。

手中長鞭暴出，百條鞭子如靈蛇般衝向每個人，將他們捲起後摔下，再捲起，再摔下。

她不殺他們，因為這不是戰爭，就當練練手，看看自己修煉的成果。

突然一把劍破空飛來，將她上百條鞭子斬斷，侍衛們紛紛從空中落下。

殷澤站在那兒，冷冷地盯著她。

「妳好大的膽子。」

威壓襲來，眾人跪了一地，唯獨肖妃挺直著背，扠著腰。「是他們先欺負我的。」

侍者聽了，氣急敗壞道：「妳胡說！」接著轉向殷澤稟報。「大王，小的傳達大王旨意讓她幹活，她不但抗命，還出手反抗！」

肖妃哼道：「我當然不幹了，我這手細皮嫩肉的，要我去洗衣，豈不把手給弄粗了。」

就你會告狀，我不會嗎？

肖妃這話引來眾人見鬼的表情。這又老又醜的老太婆，全身都是皺紋，也好意思說自己細皮嫩肉？

侍者被她氣到了，說話也不客氣。「妳不幹粗活，難不成來享福？」

這本是嘲諷的話，但肖妃卻一臉正經道：「沒錯，我要進後宮，做大王的妃子。」

現場突然安靜下來，接著爆出笑聲。

這老太婆是瘋了吧？也不撒泡尿看看自己的長相，虧她說得出口，簡直厚顏無恥。

肖妃無視其他人的嘲笑，她只盯著殷澤。

殷澤沒有笑，他冷冷看著老太婆模樣的肖妃，過了一會兒，淡淡命令。

「帶她去後宮。」

眾人止住笑聲，一個個睜著不敢置信的眼。

在眾人的驚愕中，肖妃擺了個福身的姿勢。「謝大王。」

就這樣，老太婆搬進了後宮。

肖妃入後宮，最高興的就是俞勇和墨飛了。

「妳在這裡老子就放心了，真怕哪一天屁股不保。」

肖妃卻是不客氣地踢了他的屁股一腳。「這時候你居然只想到你的屁股，你可知道，若是咱們一直被困在幻術裡，就永遠出不去，一輩子老死在此！」

肖妃的疾言厲色讓俞勇收起了笑。

被困在這裡他也很頹喪啊！他從墨飛那兒知道了，這個世界是殷澤和幻術對抗後才生成的樣子。

「連殷澤大人都無法破解幻術，咱們又能如何？」

肖妃忽然冷笑。「那可未必。」

俞勇睜大眼，每次見到肖妃這樣的表情，就有什麼好事發生，令他生出了希望。

肖妃今日提出入後宮，殷澤竟然沒有反對，由此印證了她的猜測。

她對他是有影響力的。

她囑咐俞勇。「你現在能做的，就是讓自己變得更強，雖然咱們被困在此處，但這秘境有個好處，就是靈氣充足，十分難得。秘境裡肯定有寶物，你趁此繼續練功，預做準備，將來若有機會出去時，必會有用。入寶山，豈能空手而歸？」

俞勇聽了精神一振，一拍胸，正色道：「明白，老子一定趁此好好練功！」

俞勇現在是女人的模樣，胸部被他這麼一拍，飽滿的胸部還抖了幾下，令肖妃忍不住抖了抖嘴角。

再瞧瞧俞勇這絕世美人的模樣，肖妃突然就覺得不好了。

殷澤給她隱形法寶，騙她練功，在她身上下了獵咒印，這些並不是她最氣的原因，她最氣的，是他有後宮。

因為在她心裡，殷澤也是她的。

肖妃搬進後宮，如此一來，墨飛和俞勇要找她一起商量事情就容易多了。

後宮佳麗雖然沒有三千，但是宮女加上各個位階的妃嬪也有一百多人了。

一百多個女人聚在一起會怎麼樣？

吵。

肖妃搬進去的第一日，就有人上門來踢館，看看對方是不是真是老太婆？因為她們不相信大王會收一個又醜又老的女人進後宮，對方肯定是用了什麼妖法進來的。

不過，她們往往是趾高氣揚地來，最後鬼哭神號地逃走，連妃嬪的架子都端不上就被打出來。

肖妃對這些女人可不會客氣，管她是嬪是妃、是美是醜，敢送上門來，她就敢打，而且專打臉。

後宮亂了，女人們哭爹喊娘，原本漂漂亮亮的一張臉被打得鼻青臉腫。身上的衣裳破了，頭上的釵環掉了，披頭散髮，雞飛狗跳。

殷澤趕來時，看到的就是這幅亂象。

「妳在做什麼？」殷澤陰沈沈地質問。

果然把這尊魔神吵出來了。

肖妃抬高下巴，臉不紅氣不喘地告狀。「是她們欺負我！」她欺負的那些人，一個個被打得面目全非，都認不出是個人來了。

女人們躲在後頭哭，希望大王給她們做主。這老太婆太可恨了，簡直目無王法！

殷澤卻是不耐煩，一記眼刀過去。「再哭就割了舌頭！」

哭聲乍止，全部噤聲。

「至於妳，」殷澤冷眸幽幽地盯著她。「最好安分地待著，若是再敢鬧事——」

下面的聲音沒了，因為此刻這個女人突然偎近他懷裡。

「是呀，她們吵死了，都是醜女人，後宮只要我一人就行了，是不是，大王？」

醜老太婆露出一個嫵媚的微笑，不過嫵媚看不出來，只有驚嚇。開口笑時，只看到缺了一顆牙，而她那又黑又皺的手正貼著他的胸膛撫摸。

眾女倒吸了口氣，未經大王允許，就算是女人也不可以隨便近他的身。曾有個妃子自恃美豔，不自量力地偷偷爬上大王的床，結果被大王一掌拍飛，當場斃命。

後宮美人這才意識到，他們的大王可不是憐香惜玉之人。

他們等著看醜老太婆被大王一掌擊斃，然而，大王只是怔怔地看著懷中的老女人。大王沒有推開她。

肖妃繼續偎在殷澤的胸膛上，對他上下其手。

「大～～王～～您只要我一人就夠了，您說是不是啊？」明明是粗啞的嗓音，卻硬要學美人嗲聲嗲氣。

殷澤渾身一抖，像是突然回神一般，殺氣迸射，一手掐住她的脖子。

「誰准妳碰本王的！」

對，殺了她！眾女子氣極地看著。

她們的大王英偉不凡，豈是這個又醜又老的妖怪可以玷污的？

肖妃被掐著脖子，無法呼吸，待得她臉色發青後，殷澤突然鬆開手。

她跌落在地，激烈咳嗽著，殷澤將她丟下後，人卻突然閃身不見。

眾人一陣驚愕。她們的大王居然沒有殺了她？

肖妃摸著疼得火辣辣的頸項，這時墨飛和俞勇趕上前來。

「妳如何了？」

「死不了。」肖妃聲音沙啞，墨飛要扶起她，但俞勇已經先一步伸手，將肖妃打橫抱起。

「走，咱們回屋。」俞勇抱她跟舉重似的，咚咚咚地離去，只留墨飛一人搖頭。

幸虧蠢斧頭現在是女人，若是被殷澤大人瞧見還得了？男女授受不清，連這個都不懂，難怪修成一隻猴子！

回到院子後，俞勇才將肖妃放在床上，緊張地問：「妳現在如何？」

「沒傷，無妨。」肖妃摸著火辣辣的脖子，適才殷澤身上的殺氣是真的，他是真的要殺了她，不過……

她勾起唇角。她賭對了，殷澤果然無法對付她。

墨飛是古書精，她知道很多事，也知道什麼是獵咒印。

「根據古書記載，這是上古的咒術，專門用來捕獵奴獸的，本來以為失傳了，沒想到殷澤大人竟然會這種咒術，真是厲害！」

厲害個鬼！

肖妃沒聽過獵咒印，但聽到奴獸兩個字，也猜得出這個獵咒印是幹什麼用的。

殷澤居然把她當奴獸！

當時墨飛見肖妃黑了臉，趕忙解釋。

「這咒印不會傷人的，通常是主人得了寵獸或是愛妾便烙下此印，以示專屬，防止他人搶奪，丟了還可以憑此印找回來。」

這不就跟在貓狗脖子上戴項圈是一樣的意思嗎！

多虧這個烙印，讓肖妃面對失去記憶的殷澤，可以不受他傷害。

多虧這個烙印，讓她知道，殷澤極喜愛她，喜愛到要獨占她，不准她去找其他男人。

更多虧這個烙印，讓她進入幻術後能保持清醒，因為殷澤既然要獨占她，便要避免他人搶奪。而幻術也是一種干擾和攻擊，獵咒印將幻術視為外來力量，保護了肖妃，不受幻術迷惑。

這獵咒印會提醒主人，這女人是他的愛寵。

雖然肖妃沒有受到實質的傷害，但喉頭難受，肯定受傷了。

「敢掐我，看本妃怎麼整死你……」

肖妃渾身煞氣，讓墨飛和俞勇兩人不自覺打了個冷顫。兩人交換了個眼神，不用問，都知道肖妃口中的「你」指的是誰。

雖然殷澤大人法術高強，但是相較起來，他們更想討好肖妃。強有什麼用？適才他們看得很清楚，殷澤大人看似可怕，但是面對肖妃大人卻是雷聲大，雨點小，離開時那腳步走得多快，彷彿怕身後有人在追。

兵器之王，居然是個怕老婆的。

殷澤站在殿堂，聽著下方的臣子因為政見不同而互相爭吵攻訐。爭論的兩人，一個是魔界領頭，另一個是仙界長老，兩人同樣在朝為官，為了一件芝麻蒜皮的小事，吵得面紅耳赤。

殷澤冷漠地看著，不知怎麼的，他心裡有些浮躁。他是這裡的王，統治這座城，所有人臣服在他腳下，唯獨一個女人不怕他。

不，她稱不上女人，她不過是醜老太婆，偏偏自從這個老太婆出現後，他的心就開始浮躁了。

真奇怪，他明明應該要殺了她，為何會下不了手？

她身上為何留有他的味道，還有他下的獵咒印？

每當他對她起殺心時，總有另一個聲音警告他，不能動她。

更令他不能接受的是，當她碰到自己時，他居然感到心猿意馬，有一種……想抱緊她的衝動。

幸虧他忍住了，硬是把想抱她的慾念改成掐她脖子的動作。

他後宮美人如雲，哪一個都比她要強。

或許，他今夜應該召人侍寢，藉此抹去心頭那一股怪異的騷動。

是夜，代表各院妃嬪的牌子被擺放在金漆盤上，殷澤大略掃了下牌子，他本想隨便抽一個丟出去，但目光卻突然定住。

一塊黑色的牌子上，寫著「肖妃」二字。

所有的牌子為了討吉利，用的都是明亮討喜的顏色，唯獨那塊牌子是黑色的。

不知怎麼的，他看這兩個字很順眼，便伸手拾起那塊黑牌。

「就是她了。」

「是，大王。」

墨飛將黑色牌子接過，恭敬地退出寢房，唇角微微彎起。

肖妃大人說得對，殷澤大人就算失去了記憶，但是看到肖妃的牌子時，還是有反應的。

殷澤不知道自己選了誰，他像凡間的帝王那般，在入寢前去浴房洗浴。

他脫下王袍，全身赤裸，結實的肌理沒有一絲贅肉，勻稱的比例蘊含著男人鐵血霸氣的力量，周遭服侍的宮女們臉都紅了。

殷澤能感覺到她們愛慕的眼神，但很奇怪，他從來沒有召她們任何一個女人來伺候，他只在乎她們身上有沒有藏兵器、有沒有心懷不軌。

今夜召人侍寢，也不過是想壓下心頭那莫名的浮躁罷了。

他相信，只要他睡了美人，就不會一直去想那個醜老太婆……呸呸呸！他不承認自己想要她，他肯定是受了什麼蠱惑，才會對那老太婆生出奇怪的綺念。

殷澤陰沈著臉，凡是擾亂他心志的人，都該消滅。

過了今晚，明日，他就將她宰了！

宮女前來稟報，侍寢的美人已經就緒，在床上等著他。

殷澤從池子裡站起身，任由身上的水滴流下，從宮女手上拿過毛巾，將身子大致擦乾後，大步走回寢房。

尚未進到寢房，便已經聞到屋內的女人香。

這香味令他有一種熟悉感，竟讓他的血液有些奔騰。
寢房的大床上，四周掛著輕紗布縵，一片朦朧，只能隱約看到一個女子的身影。
屋內的夜明珠散發著微微的亮光，雖然沒有完全照出女子的相貌，但依然可以照出她姣好的身段。
她一絲不掛地臥在床上，一雙美眸在昏暗中神采奕奕，等待男人的採擷。
「大王……」酥軟入媚的嗓音，含著羞澀的邀請。
很美的女人，完全就是他喜歡的樣子。
殷澤上床，伸手將女人一拉，軟玉溫香便倒臥懷中。
殷澤低頭吻住她，大掌揉著她的酥胸，尺寸也是他喜歡的大小，還有這細腰、這修長的腿……
心浮氣躁沒有了，反倒是慾念如潮，狂風浪捲，他只想將這女人吞吃入腹。
女人並不柔弱，相反的，她反客為主，大膽地將他翻倒，坐在他身上，扭著水蛇腰，將他那話兒吞入花蕊中。
採陽補陰？
殷澤低低地笑了，他沒怪她放肆，反倒喜歡她的大膽，以她的功力，除非他願意，否則只有被他採補的分。

不過，他倒是願意破例一次，先餵飽這個女人。

女人的面容大部分隱在昏暗中，唯獨那曲線畢露的胴體被夜明珠照亮了幾許。

她坐在他身上，恣意妄為，上下吞吐，發出銷魂的嬌吟。

待吸飽了一巡後，殷澤終於忍到極點，翻身將她壓在身下，雙眼如狼，邪笑似虎。

「美人，吃飽了？現在該輪到本王了。」

「大王～～討厭啦～～」

殷澤身形一僵，嬌滴滴的女子也該是嬌滴滴的嗓音才對，但此時身下的女人發出的卻是粗啞的聲音。

這聲音很熟！

殷澤死死地盯著身下的女人，英俊的臉龐在明暗之中變得扭曲猙獰，此刻跟他交合的是醜老妖婆。

要破幻術，唯有刺激殷澤。

人在刺激之下，通常會爆發更大的力量。

肖妃懂殷澤，做為一個唯一跟他有肌膚之親的女人，肖妃知道殷澤的眼光很高，跟她一樣。

兵器靈修成人身，不是有手有腳就好，還要有美感。

殷澤曾說過，他只看得上她，她把人身修得很美，不光是美，還有柔軟的彈性。

不過，說他只看外表也不盡然，三界不缺美人，妖豔、清純、水靈的，各色胭脂都有，殷澤從沒看上，便知道他的要求不只是美，還要他看得上。

他還說過，他喜歡與她合歡，因為她是劍鞘，當他進入她裡頭時，他覺得很舒服。

肖妃打不過他，但沒關係，段慕白對她說過，人各有才，往自己擅長的方向發展就好了。

殷澤說她像劍鞘，那麼她就當一個最厲害的劍鞘。

劍如果太鋒利，收進劍鞘就好了。

肖妃在龍床上睡了他，並在他最血脈賁張的時候，變身為老太婆。

這刺激夠大了吧？

顯然夠大了，因為男人的面孔不只扭曲，連周遭的景物都扭曲了。

男人吼聲如雷，煞氣爆發，空間被壓縮，天崩地裂，肖妃處在風暴中，風刀颳著她的皮膚，鮮血淋漓。

殷澤不只撕裂了空間，也撕裂了她。

肖妃勾起唇角。

幻術被毀了，很好，她成功了。

兵器之王有什麼了不起？敢耍騙本妃的身子，本妃就給你騙回來，叫你作惡夢都會嚇醒……

尾聲

肖妃自己都沒想到，她最後會死於殷澤之手。

好吧，她承認這個玩笑開大了，不小心刺激太過，讓殷澤深沈的潛力瞬間爆發，不但衝破了幻術，也把她的小命賠了進去。

她花了萬年好不容易修成的人身，就這麼沒了。

幸好，她還有魂魄。

若說她死後唯一的遺憾，就是兵器譜排名還是第十，以後也沒有機會再往上升了。

她的魂魄在秘境附近徘徊，因為功德不足，所以無法升天，但她也不想回妖界。

習慣了仙界的好，見識到仙界的美，誰願意再回到那爭鬥不休的妖魔兩界？

這是她第一次當幽魂，也不知自己會不會消散或去凡間投胎？

當她正在認真思考這個問題時，突然眼前一人現身。

是殷澤。

他來到秘境入口，自從他衝破幻術後，在幻術裡的其他人也跟著被拋出秘境之外，接著秘境就關閉了。

那些進入秘境的人恢復了神智，臉上全是羞慚之色，因為他們還保留了中了幻術的記憶。

仙魔不兩立，卻在幻術裡做了夫妻或手足。

這是仙妖魔三方陣營第一次見到彼此沒有交手，只想趕緊離開，他們走時的模樣只有一句話可以形容——逃之夭夭，讓肖妃看得好笑。

人走得一個不剩，只剩她一縷孤零零的魂魄，卻見到殷澤來到此地。

他望著秘境入口，她則在一旁看著他，好奇他想做什麼？

她在他周身飄了飄，得意地對他說：「現在不用隱形法寶，你終於看不見本妃了吧，哼哼！」

她故意做出捏住他耳朵的樣子，又在他面前做鬼臉。

殷澤原本望著秘境入口的目光，突然轉頭盯住她。

肖妃僵住，與他四目對上。

殷澤盯了她一會兒，便轉開目光，四處打量，肖妃這才鬆了口氣。

切！原來只是碰巧，害她以為他看得見她呢。

「肖妃……」他低低地喚著。

肖妃愣住，見他神情落寞，突然恍然大悟。

她指著他大聲說道：「我就知道，我就知道，你喜歡我，不只喜歡我的身體，還喜歡我這個人，殷澤，你愛上我了！」

兵器靈先成精，後成人，成了人還不算完整，還必須具備一顆人心。

人有情，兵器無情，只有生出情，才是真正的人，否則就只是一個空殼子罷了。

肖妃很得意，她是殷澤第一個愛上的女人，這是她的一大勝利，但同時她又很扼腕。

她都死了，還怎麼跟他炫耀啊？

肖妃突然想到什麼，又拉下臉。「不對，人的感情是最難修的，你愛上我，比我先入了情關，這不表示你比我聰明嗎？這麼一來，我又輸你一大截了。」

肖妃越想越不甘心，可是她能怎麼辦？只能在一旁聽殷澤自言自語。

「人有三魂七魄，妳雖然死了，但魂魄還在，是吧？」

「那當然，本妃最引以為傲的，就是把人身修得好，生出的三魂七魄，一個都不少。」雖然他聽不到，但肖妃還是驕傲地回答他。

「本君就不信，抓不到妳的魂魄。」

肖妃愣住，突然有不好的預感。

他想幹麼？

殷澤突然攤開手掌，手上多了一個瓶子。

肖妃忍不住退後三步，不知道為什麼，她對那個瓶子有種莫名的排斥。

當殷澤將瓶口拔開，肖妃立即感到一股龐大的吸力，接著眼前一黑，她被吸進瓶子裡。

我操！吸魂瓶！

肖妃被關在瓶子裡，被殷澤抓回了望月峰。

「放我出來！」她很生氣，這傢伙怎麼可以沒經過她同意就把她軟禁？

「沒用啦，進了吸魂瓶，就很難逃出去了。」

吸魂瓶裡很擁擠，原來不只她一個魂魄，這些魂魄全都是殷澤用吸魂瓶抓進來的。

「喲，又有新人來了！」

「俺猜猜，妳的名字叫肖妃，對吧？」

肖妃奇怪地問：「你怎麼知道？」

「因為俺的名字叫蕭飛。」

「啊？」

「奴家也叫霄菲。」

「在下也叫嘯非。」

「妾身閨名也是笑緋。」

「老娘也叫曉霏。」

也就是說，瓶子裡關的魂魄，名字不是同音就是相似音。

「……」肖妃懂了，這個吸魂瓶耳朵不好，只要聽到相似的名字，全部吸進來。

肖妃被帶回了望月峰，經過段慕白的過濾後，把其他同音異名的魂魄全部放生，只留下她一個。

「她真的在裡頭？」

「放心，是她沒錯。」

「她可安好？」

「三魂七魄沒少，都收回來了。」

殷澤與段慕白兩人的談話，肖妃在瓶子裡是聽得一清二楚，氣得她在瓶裡抗議，弄得瓶身震動。

「她怎麼了？」殷澤問。

「她想出來。」

「不行。」

為什麼不行？肖妃憤怒，她聽得到殷澤說話，但殷澤聽不到她的聲音。

「待在瓶子裡才能保住妳的魂魄，不會被趕出仙界。」殷澤說。

肖妃頓住，經殷澤提醒，她才想起來，仙界有結界和禁制，會將妖魔趕出去，當初她能留在望月峰，是因為段慕白將她收為契靈。

現在她死了，契約解除，妖魂是進不了仙界的，為此，她只好乖乖地待在瓶子裡。

她以為待在瓶子裡會很無聊，實則不然，殷澤每天都跟她說話，因為他把瓶子帶在身上。

他說，她的修為太差了，才會禁不起打擊，被他的煞氣給消滅，屍骨無存。

她用力晃動瓶子，表示她在罵他。

他說，俞勇上了兵器譜排行第十五名，都快追上她了。

她轉動瓶子，氣得背對他，雖然瓶身看起來前後都一樣。

他跟她說，今天練了幾套拳、打出多少招式，也會告訴她，玉潭的蓮花開了幾朵。

他聽不到她的聲音，但還是會一直跟她說話，肖妃都不知道，原來他也可以這樣喋喋不休，比俞勇還吵，有過之而無不及。

她心裡嘀咕，卻還是聽著。一個人在瓶子裡太寂寞了，有人在耳邊碎碎唸，她也安心。

雖然他聽不到她的聲音，但肖妃自有辦法整他，她會在三更半夜時，晃動瓶身打他，把他吵醒後，她就安心入睡了。

「半夜不睡，想我了嗎？」

臭美！

「我很想妳。」

肖妃頓住，不知怎麼的，心頭有些酸，又有些甜。

好吧，她也想他了。

「真想插妳，可惜妳現在沒身體。」

「瓶子」頓住，突然用力撞他。

想插是吧，插死你！

「別鬧。」殷澤雙掌合握，將瓶子包覆在手心裡，摸著摸著，突然嘀咕抱怨。「這瓶口太窄了，塞不進去。」

肖妃聽得莫名其妙，突然意會出另一層意思，瞬間黑下臉。

你、想、幹、什、麼！這是吸魂法器，不是給你拿來宣洩用的！

從此以後，她不敢半夜吵他，但男人卻反過來，喜歡半夜與她聊天。

「後宮那些女人，我沒碰過，之所以徵選美人，是怕妳萬一陷入幻術裡，給妳留一條生路。以後別亂吃醋，知道嗎？」

肯定是俞勇那個大嘴巴把她的不滿全告訴殷澤了，其實後來她自己也想通了，墨飛對她說殷澤沒召人侍寢過，有個美人想爬殷澤的床卻被他擊斃了，自此以後，沒有一個美人敢擅自接近他。

說得也是，這廝驕傲得很，眼光比天高。

「倒是妳，扮醜嚇人，也怪不得本君把妳滅了。」

……這是對待救命恩人的態度嗎？若不是本妃，你到現在還困在秘境裡出不來呢，囂張！瓶子用力晃動。

「別生氣了，等妳出來，我……任你打，靈石也給妳，好不好？」

肖妃頓住，她能感受到他正輕輕吻著瓶身，溫柔地安撫她。

她其實明白，他是故意逗她，怕她誤會，所以跟她解釋後宮的事。他開後宮，只是為了她的安危，令她一顆心都軟了。

瓶子晃了晃，還轉了轉身，彷彿是她在他胸膛上蹭一蹭撒嬌。

若是他能聽見她的聲音多好，她想告訴他，她也喜歡他，不只喜歡他的身子，也喜歡他這個人。雖然他高傲、狡詐，有時還很矯情，但其實，她連他的缺點都喜歡。

雖然她對他好似常常氣得牙癢癢的，但其實跟他鬥智鬥勇，是她最快樂的事。

如果有一天，她可以跟他說話時，她想告訴他，她跟他一樣，也對他生出了情意。

如此不知過了多少年，不過兵器靈是歲月打磨出來的，不怕等待。

當肖妃陷入黑暗中，再睜開眼時，她已經不在瓶子裡，而是成為望月峰玉潭中的一朵蓮花。

她沒看到殷澤，只瞧見月寶欣喜的臉。

「妳好好修煉啊，我當時就是藉著蓮花養出一個新的身子來，這裡日精月華很充足，妳很快會長出來的。」

殷澤呢？他在哪？

「妳想見殷澤對不對？別擔心，他很好，只不過他說他欠妳一個身子，要還給妳，所以把修為全部渡給妳，需要閉關休養。」

肖妃哆嗦了下。

他傻了嗎？全部給她？他不就要從頭開始？

蓮花花瓣上，一滴水珠悄悄滴落，彷彿是女人的眼淚。

「殷澤說，妳資質差他太多，等妳修出人身都天荒地老了，還不如他自己修得快。」

……我操！把本妃的眼淚還回來！

月寶笑嘻嘻地撥了撥花瓣，把該說的話都說給她聽之後，輕輕道：「所以啊……妳好好修煉，別辜負了他的一番情意，知道嗎？」

蓮花精神抖擻地搖晃著，彷彿在說——會的，她一定不會輸給他！

歲月如河流，蓮花徜徉在日精月華下，漸漸綻放一層瑩光，肖妃像是睡著了一般，忘了時光的流逝，直到有一天，她生出了五感。

她感覺到有人在輕輕吻著她，那吻滑過她的嘴，沿著頸項往下，在她胸前打轉。是誰在摸她？

他的吻功太好，淨搔她的敏感處，令她冰冷的身子漸漸生出一股熱流，流經四肢百骸，打通任督二脈，讓手指能動，眼睛也能睜開了。

昏暗的洞府裡，她初次甦醒，半睜的眼簾，只見身上壓了道影子。

哪個色胚敢偷吃她！

不長眼的拳頭，把人給打下床。

肖妃坐起身，她此時一絲不掛，睡在冰床上，而跌在地上的男人，顯然就是擾她的採花賊，竟趁她沈睡時，妄想採陰補陽。

「找死！」

她五指成爪，正要打上他的天靈蓋時，男人抬起頭，那張熟悉的面孔，與她打了照面。

肖妃呆住，怔怔地看著殷澤。

他似笑非笑地看著她，英俊不減當年，只除了鼻孔下掛著兩條鼻血，有礙觀瞻。

「殷澤?你……」他怎麼躲不開?她的拳頭從來打不中他，只會被他的大掌包住。

殷澤爬起來，在她回神時，又撲倒她。

「妳終於醒了，本王的愛妃。」

肖妃太過震驚，因為她能感覺到殷澤身上的不對勁，他……變得很弱，弱到連她一拳都躲不了。

「一醒來就揍人，妳想殺夫嗎？」他低低地笑，整個身子壓在她身上，對她親吻逗弄。

「你——」她想問他怎麼回事，卻突然恍悟了什麼，便什麼都說不出來了。

殷澤笑笑地望著她，打趣道：「怎麼哭了？是太傷心被我占了便宜，還是太高興見到我？嗯？」

「你又騙我，你……你全身修為幾乎都沒了，還說會修得比我快。」

殷澤挑挑眉。「原來是嫌棄本君太弱哪，那可不行，我告訴妳，妳是我的女人，妳這新身子的元陰，必須給我，知道嗎？」

這口氣……萬年修為都沒了，性子依然狂妄。

她掉著眼淚，恨恨道：「你現在連我都打不過了，還怎麼威脅我？」

「威脅不成，咱們可以談交易，我技巧高超如青樓小倌，懂得溫柔伺候如後院面首，還能伏低做小如腳下奴僕，這麼好的男人，妳去哪裡找？不如就收了我，如何？」

肖妃原本哭得傷心，被他這話一逗，破涕為笑。

她捏著他的臉。「是啊，像你這樣的怎麼可以便宜其他女人，當然是收進屋子裡，給我端茶遞水暖被，只伺候我一人。」

正合他意，他等這一天已經等很久了，知道她即將甦醒，這幾日就守著她，他要她一睜開眼睛，看到的第一個人就是他。

他吻著她的淚水，將她壓回床上。

「沒問題，以後本君只伺候妳一人，妳想怎麼樣，就怎麼樣。」他說著最甜蜜的情話，用著最溫柔的技巧，將她揉搓成一汪春水。

初綻的蓮花有最芬芳的香味、最甜美的汁液，正是適合採擷的時刻。

他與她，曾經修為相差太大，她就算修了幾千年，也趕不上他。

現在好了，他修為散盡，她重獲新生，兩人修為一樣，都要從頭開始，可謂門當戶對，終於可以做一對真正雙修的夫妻了。

不過他是武學天才，學什麼都很快，恢復修為只是時間上的問題而已。

高處不勝寒，他一個人孤單太久了，也能明白段慕白為何要抓住月寶不放。

仙途漫漫，若有人陪伴，這條路走來，風景也會變得不一樣。

這一次，他可以慢慢來，陪他的女人一起雙修，品嘗人間的情與愛。

望月峰，落霞居裡。

段慕白與他的妻子月寶正在對弈。

曾經是魔族的月寶，如今一身仙氣繚繞，再也不存一絲魔族氣息。

她的魂魄畢竟生自魔族，要真正抹去魔氣，成為仙人，必遭仙魔之氣相鬥，稍一不慎便會走火入魔。不過她的丈夫段慕白陪她一起閉關，多虧有他相助，讓她得以突破心障，成為真正的仙子，再也不染魔氣。

如今她的修為足以將她的靈識擴及整個望月峰，包括月靈谷那一處洞府。

那裡曾是她的重生之地，如今肖妃也在那裡獲得了新生。

想到某人甦醒了，而某人正黏緊緊，不肯放過任何一刻，月寶不禁低笑。

「真沒想到他會捨下一身修為，我當初還擔心他欺負肖妃呢，到頭來反倒是我家的肖妃欺負你家的契靈呢。」

段慕白含笑落下一子。「以柔克剛，只有失去心中最柔軟的，才會懂得剛硬傷人。」

月寶點點頭，跟著落下一子。「也是，就像我，當初若不是捨得放下身段去追你，你哪會捨一點憐意給我，是不是呀，夫君？」
段慕白也點點頭。「多謝娘子垂憐，免我孤老終生。」
月寶切了一聲。
他孤老？莫說他一點也不顯老，沒事還會遊走各界，這次滄浪派被魔兵打得大傷元氣，內部權力傾軋，怕是要引起一番動亂。尤其那滄浪派弟子進了秘境，不但沒獲得寶物，還失去不少優秀的弟子——沒死，只是私奔了而已。
想到秘境，月寶抬眼看了夫君一眼。「那秘境……真的不打開了？」
「會，五百年開一次。」
「五百年啊……」她一臉遺憾。「真可惜，要五百年後才能進去。」
段慕白看她一眼。「想去？」
「當然啊，上古大能留下的秘境，寶物可多著呢。」
「沒寶物，只有幻術而已。」
月寶手一頓，驚訝地問：「你怎麼知道？喔，我懂了，你進去過。」她來了精神，夫君有多厲害，她可是非常清楚的。
她禁不住好奇，又問：「碰上那幻術，你是怎麼逃出來的？那時候你變成什麼角色？富家公子？王爺？還是皇帝？是不是也有後宮？」

面對妻子炯炯發亮的眼神，一副不怕生事的表情，段慕白嘆了口氣。他對妻子最不滿意的一點，就是她不會吃醋，每當有女人愛慕他時，她只會兩眼發光地當戲看。

要怪便怪段慕白在外頭的形象太好，他不喜女色，這已是眾所周知的事，就算他假裝對其他女人做出癡迷狀，他的妻子也只會大笑，還一臉興奮地問他，怎麼樣？有沒有小鹿亂撞的感覺？

妻子對丈夫太放心，實在不是一件好事。

段慕白高深莫測地回她。「那幻術困不住我。」

「喔。」月寶一臉訕訕，還以為可以聽到些香豔刺激的內幕呢。

「那幻術是我設下的。」

「喔……啊?!」月寶驚得瞠目結舌，連手中的棋子都掉了。

段慕白笑得一臉無害，緩緩告訴她一個天大的秘密。

「那秘境是本仙留下給後生小輩們玩的。」

「……」她依然瞠目結舌。

「效果真的不錯，瞧，殷澤和肖妃就受惠不少，經過幻術的考驗，他們越來越像個人了呢。」

但你越來越不像人，真沒人性。

段慕白忽然盯住她，瞇細了眼。月寶立即換上一張笑臉，把棋子一丟，一屁股坐進他懷裡，在他臉頰上吧唧一聲。

「夫君真棒！我何德何能，今生有此榮幸與你共結連理。」

小滑頭，分明是心虛嘴甜！不過他就愛她這性子，沒有仙子的清高傲慢，亦無魔族的殘酷冷血，有仙子的悲天憫人，亦有魔族的聰明狡猾。

段慕白低下頭，輕吮她的唇。「這是咱們的小秘密，別說。」其實，他秘密可多了。

她才不敢說呢！若是被殷澤知道他家主人故意派任務給他，其實是讓他進秘境去磨磨性子，恐怕會提劍來砍。

所以這個秘密，她打死都、不、會、說！

番外　俞勇與墨飛

眾所周知，斧頭幫的腦子不好使。

俞勇雖然不聰明，但他不是真蠢，他只是缺少一個開竅的機運。

文有古書精墨飛的薰陶，武有劍邪殷澤的指點，俞勇在一百五十年後站上了高峰，繼殷澤之後，成為兵器譜上排名第一的兵器靈。

他相貌俊逸，威武不凡，曾經是受人嘲笑的斧頭幫，如今卻成了能夠與劍靈一族相抗衡的大幫派。

這都要歸功於他們的幫主，俞勇。

俞勇終於從猴子進化成人了，他不用再吃化形丹，而斧頭幫在幫主英明的領導下，終於知道猴子跟人的差別，不會再搞錯。其中有些資質優異的猴子們，也修成了人身。

當初殷澤突然從兵器譜上的排名消失時，震撼了三界，許多人前來打聽，都想知道殷澤去哪兒了？

望月峰閉門謝客，哪裡來的哪裡回，若有不識相的，劍仙不介意親自招呼。

總之，關於殷澤的事蹟，眾說紛紜。

長江後浪推前浪，江山代有才人出，雖然殷澤消失無蹤，百年後，新的英雄崛起了。

如今走到哪裡，斧頭幫都能抬頭挺胸，而俞勇不只站上兵器譜第一的寶座，他的俊美風華，也成為眾女心目中的英雄。

他的英俊不輸給殷澤，兩人平分秋色，差別在俞勇懂得憐香惜玉，因此他更受女子愛慕，想與他雙修的女子，多如過江之鯽。

曾有仙子向他表示，不在乎他出自妖界，希望能與他共結連理，一起雙修，卻被他婉拒了。

據說，那仙子並不因為被拒絕而感到羞辱，反倒抱著他哭了一夜，離開時，還衷心祝福他。

在男人心中，俞勇是強者；在女人心中，他是英雄；而在墨飛心中，這廝就是人面獸心。

墨飛不是罵他，她說的是實話，就如字面上的意思——人面，俞勇長得人模人樣；獸心，他的心智年齡跟野獸一樣，很低。

「飛兒！」

人未到，聲先至，書房的門是被人用腳踢開的。

「他奶奶的，累死老子了，我要喝水！」

墨飛的目光從書本上抬起，對他淡笑，不因他的莽撞而有絲毫動搖，始終保持文人的優雅。

俞勇一屁股坐到她身邊，端起茶杯來喝。

那是她的茶杯。

他動作太快，墨飛來不及阻止，沾了唇印的杯緣正好被他含住，咕嚕嚕地飲盡。

「好香。」俞勇舔著唇說道。

墨飛只是回他淡淡一笑。

人是會變的，俞勇變了很多。

他的修為變高，相貌更英武了，對她的稱呼也變得不一樣了。

當初恭敬稱她一聲「墨先生」，後來直喚她「墨飛」，最後變成「飛兒」。

稱呼的不同代表心思的不同，她懂，她明白俞勇打什麼主意。

他想睡她。

自從他看了她給的話本子，讀了才子佳人的故事，漸漸明白什麼是風月，什麼是花前月下。

老實說，他進步得很快。

不過，他是一隻猴子，尚未修成人身之前，她不許他去上女人，這不道德。

他聽進去了，守著這個原則，不管任何女人如何勾引他，他都不為所動。

那時候她就知道，這猴子有前途，必是大器晚成那一類。

什麼時候改變稱呼她為飛兒的呢？

大概是一年前，他化形成男人的時候。

他不再是一隻猴子，而是真真實實的男人模樣。

她看著書本，而他，看著她。

她瞥了他一眼。「有事？」

「有，今天遇上一隻狐妖女，她勾引老子。」

「哦？那很好啊，狐妖女都很美的。」

「老子不喜歡她。」

「為何？」

「她有狐臭。」

墨飛抿著嘴，忍住笑，態度淡然。「可惜了。」俞勇直直盯著她，沒見到她有任何動容，心裡失望極了，不過沒關係，反正她也沒男人，他可以等。

他不懂美醜，美人再美，於他無用，但飛兒不一樣。

她身上有書香，很好聞，比那些搽脂粉的女人好聞多了。

她很博學，也很有耐性，別人瞧不起他蠢，只有她會對他說：「英雄不怕出身低，自古英雄豪傑，有多少是出生草莽，最終成就春秋大業的？」

他沒讀過多少書，但他知道，她說出的話就是這麼讓人舒服，總能入他的心。

從什麼時候開始喜歡她的？好像是從秘境那一次，知道她是女人後，他就不再把她當兄弟，而是當成妹子。

女人好看有什麼用？又不能吃，還不如相處起來舒服重要。

他喜歡聽飛兒說話；喜歡她在他受到挫折時，用歷史人物鼓勵他；喜歡她總是掛著優雅的微笑……

總之，她的一切，他都喜歡。

當他成功修成男人的那一天，他終於有資格找女人雙修了。
天地之大，女人之多，他相貌英偉，勾勾手指頭，女人就來，但他只想要飛兒。
飛兒一身書香，嗓音悅耳，抱著她肯定很舒服。
墨飛見他雙目不移地盯著她，臉頰有些臊意，想看書也看不下去了。
她無奈地抬頭看他，正要哄他回去，但一見到他的臉，差點驚得跳起來。
「你的臉怎麼這麼紅？」
「狐妖女對我下了蠱。」
「什麼？」她大吃一驚，忙去檢查他的手腕。
捲起袖子一看，果然有一條黑線，沿著他的經脈往上爬。
「這是情蠱，得趕緊找人解蠱，一個時辰之內，必須找女人交合。」
俞勇直直盯著她。「無妨，我忍。」
她氣急。「忍什麼忍，我立刻稟明仙君，望月峰秘境裡有許多女器靈，必然有合適的人選。」
「不要。」俞勇改握住她的手，不讓她走。
墨飛與他幽深的目光對上，忽然明白了什麼。

「你故意的，對吧？」故意中了狐妖女的情蠱，然後跑來找她。

他不答反問。「妳願意幫我解嗎？只要妳肯解，我願意付出代價。」

墨飛氣羞得甩開他的手。「誰要幫你解！更何況你窮死了，拿什麼值錢的東西來付？」

「有，我的貞操！」

墨飛一僵。憋住……憋住……不能笑出來。

這個蠢斧頭，竟然用這種刁蟲小技？她可是足智多謀的古書精，只需把他綁起來丟到秘境，派個女器靈去壓他，問題就解決了。

但……她捨得嗎？老實說，還真捨不得他被別的女人吃去。

她是文人，有文人的風雅和身段，明知他喜歡她，偏要端著架子來吊著他。

現在連苦肉計都使出來了，真……可愛！

墨飛故意左右為難，見他一直忍著，只要她不允，他就不敢強迫她，但那一雙飢渴的眼睛，直看得她心猿意馬。

她輕輕咬著唇瓣，勉為其難地說：「看在咱倆認識這麼久的分上……你可要輕一點啊。」

「輕一點什麼？」

果然蠢，連這都聽不懂，語言還需加強。

她轉身背對他，嗔了一句。「不是要我幫你解蠱嗎？」

話說到這裡，若俞勇還聽不懂就沒救了。

俞勇料不到這回計成了，她竟然答應了，立即將她抱起來，大步走向寢房。

「妳放心，老子不怕疼的，妳要怎麼蹂躪老子都行。」

你是男人怕什麼疼！但……算了，他就是這樣蠢得可愛。

墨飛圈住他的脖子，帶著銀鈴般的笑聲。

他的學問是她教的，他對人性有疑惑時，也是她來解說的。

如今，他身為男人的第一課，也由她來開導吧……

——全書完

流浪貓狗介紹所

為流浪貓狗加油 和貓寶貝 狗寶貝

廝守終生(一定要終生喔！)的幸福機會

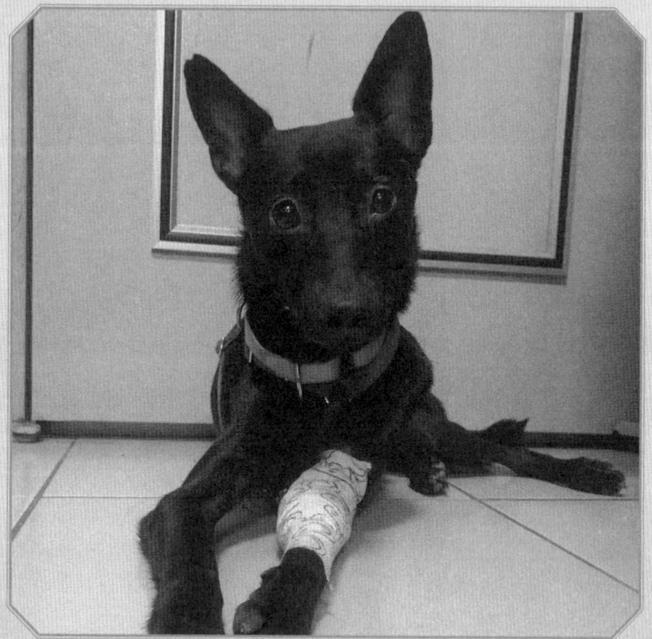

對人來說，貓寶貝狗寶貝只是生活的一部分，但妳（你）對牠們來說，卻是生活的全部，領養前請一定要考慮清楚——

▲ 樂觀向前行的男孩 小黑

性　　別：男生
品　　種：米克斯
年　　紀：1歲左右（醫生評估換完牙了）
個　　性：親人親狗、害羞安靜、慢熟聰明
健康狀況：已結紮、打晶片，三合一過關，已完成狂犬病疫苗注射
目前住所：台中市

本期資料來源：Tatiana Wu個人臉書 https://www.facebook.com/tatiana.wu

『小黑』的故事：

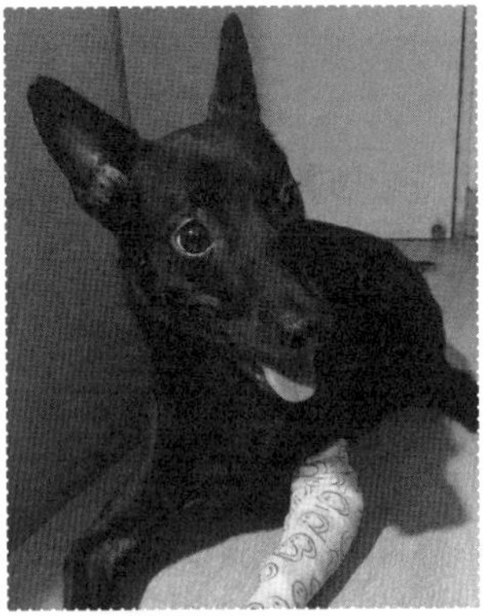

小黑是在台中港區附近出車禍而被救援的孩子，當時牠倒在路邊，所有的車子呼嘯而過，沒有人願意下車查看，直到我前去救援時，發現牠身旁留有乾掉的糞便，估計是受到撞擊時驚嚇到而導致的脫糞。

從下半身骨折不能動到坐輪椅復健，經過兩個多月的住院治療，現在已經可以正常行走了，雖然目前左前腳關節部位仍還有傷口未痊癒，需要每兩天換一次藥，可一個月後就是健康無虞的狗狗了。

身體尚在康復中的小黑，總是靜靜地待在角落，眨著牠無辜的雙眼看著周遭的事物，肚子餓了、渴了才會一拐一拐地走到飼料盆邊吃上幾口，甚至因家裡無法負荷牠的排泄問題而帶到公園上廁所時，也展現了學習力良好的一面。

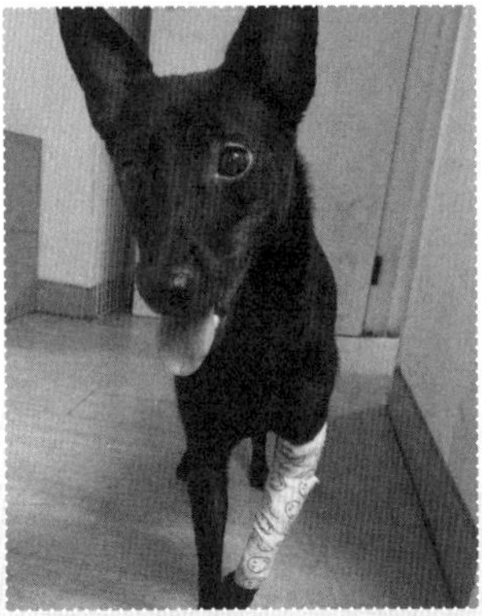

現在走路進步良多的小黑，近日帶牠出門去公園和其他狗朋友們玩耍時，便翹起尾巴，高興得拚命擺動，讓我相信這樣的孩子值得擁有下一段幸福生活。如果您願意給牠一個成長機會，也可以接納牠不完美的地方，請使用FB私訊我，保證讓您不虛此行！

認養資格：

1. 尋找能真心愛牠、接納牠的不完美的認養人。
2. 須同意簽認養寵物切結書。
3. 須同意送養人日後之追蹤探訪，對待小黑不離不棄。

來信請說明：

a. 個人基本資料：姓名、性別、年齡、家庭狀況、職業與經濟來源等。
b. 想認養小黑的理由。
c. 過去養寵物的經驗，及簡介一下您的飼養環境。
d. 若未來有結婚、懷孕、出國或搬家等計劃，將如何安置小黑？

2021 狗屋線上書展

8/16(8:30)~**8/29**(23:59)

輕甜夏午茶派對

3點一刻 優雅享用

夏日新品，嚐鮮價75折

文創風982-984 **林漠**《小女官大主意》全三冊

文創風985 **莫顏**《劍邪求愛》【洞房不寧之二】全一冊

典藏風味，值得品嘗

75折：文創風932-981

7折：文創風878-931

6折：文創風780-877

（以下加蓋 正）

每本**100**元：文創風657-779

每本**50**元：文創風001-656、花蝶/采花/橘子說全系列

（典心、樓雨晴除外）

單本**15**元，3本**30**元：PUPPY351-534

每本**10**元，買**2**送**1**：PUPPY001-350/小情書全系列

回味，無窮

莫顏【洞房不寧系列之一、之二】

文創風899《莽夫求歡》+ 文創風985《劍邪求愛》

特惠價**380**元

8/17 (二) 上市

林漠

情真摯，意純真，

字裡行間通透達理

她得先讓她爹弄清楚，他只有一個女兒，

她若出事，他肯定也沒得好過！

文創風 982-984

《小女官大主意》

全三冊

渴望有兒子繼承家業的父親，後院中是百花齊放，千嬌百媚，

而於宋甜這個失去生母的獨生女來說，父親養在後院的那些花有毒。

大家閨秀，當從父母之命，媒妁之言，在家從父，既嫁從夫。

她依此準則而活，卻一生受到擺弄，如臨深淵，

只有那與她僅數面之緣的年少親王——豫王趙臻，予她幾絲光芒。

將鋒利的匕首送入心臟的那一刻，他姍姍來遲的呼喚縈繞耳邊，

接著就如一場幻夢，她的一縷幽魂隨著他，見證了他短暫的一生。

同樣年少失怙，同樣不得父緣，同樣悲涼而亡……

有幸重生，她不再同上輩子般寡言無聞，任人宰割。

她報考豫王府女官，為自己獲得家中話語權，

也為報答前世趙臻為她收殮屍身、香花供養之恩情。

「我可以保證，一生一世忠誠於王爺，不再嫁人，不生外心。」

面選時她吐露肺腑之言，她知道，王府的考官會一字不漏傳達給他！

8/17 (二) 上市

殷肖CP，強勢來襲！

莫顏

在這世上，殷澤只拿兩個人沒轍，
一個是劍仙段慕白，另一個就是肖妃，
她會對其他人笑，唯獨在他面前不苟言笑，
萬人崇拜他，只有她，看到他都像恨不得把他大卸八塊，
他不知道自己到底哪裡惹了她，但她不說沒關係，
反正他的法子很多，有的是機會讓她說……

文創風 985《劍邪求愛》【洞房不寧之二】全一冊

肖妃出自皇家兵器庫，由頂級匠師所打造，專門給貴女使用，
因此當她修成人形時，自是兵器譜前十名中唯一的美人，
但她不在乎美人的稱號，她想要的是「最強」，
可無論她如何努力，第一名永遠是那個姓殷的！
她想要的天下至寶，被殷澤搶先一步奪去；
她需要累月經年才能練就的武功絕學，殷澤三天就會了；
她認真經營的人脈，殷澤只需勾勾手指就把人勾走了；
她的手下們，對殷澤比對她這個女主人還要敬畏服從，
她拚盡全力施展武功，他只用一招就制伏她，還將她踩在腳下！
男人崇拜他，女人愛慕他，有他在的地方，她只能靠邊站。
他真是太太太討厭了！她不屑跟他說話，對他視若無睹，直到有一天……
「我要妳。」當冷冽狂傲又俊逸非凡的他，直截了當地向她求愛時，
她沒有心花怒放，也沒有臉紅害羞，只有心下陰惻惻的冷笑——
原來你也有求我的一天，看本宮怎麼整死你……

之一大受好評，令讀者直呼有沒有之二啊！

文創風 899《莽夫求歡》【洞房不寧之一】全一冊

宋心寧決定退出江湖，回家嫁人了！
雖說二十歲退出江湖太年輕，但論嫁人卻已是大齡剩女。
父親貪戀鄭家權勢，賣女求榮，將她嫁入狼窟，她不在乎；
公婆難搞、妯娌互鬥，親戚不好惹，她也不介意；
夫君花名在外、吃喝嫖賭，她更是無所謂，
她嫁人不是為了相夫教子，而是為了包吃包住，有人伺候。
提起鄭府，其他良家婦女簡直避之唯恐不及，可對她來說，
鄭府根本就是衣食無缺、遠離江湖是非、享受悠閒日子的神仙洞府！
可惜……
「別以為我不敢殺你。」她陰惻惻地持刀威脅。
夫君滿臉是血，對她露出深情的笑，誠心建議——
「殺我太麻煩，會給宋家招禍，不如妳讓我上一次，我就不煩妳。」
宋心寧臉皮抽動，額冒青筋，她真的好想弄死這個神經病……

美味再來一份！

抽獎辦法： 活動期間內，只要在官網購書並成功付款，系統會發e-mail給您，並附上抽獎專用之流水編號，買一本就送一組，買十本就能抽十次，不須拆單，買越多中獎機率越大。

得獎公佈： 9/15(三)會將得獎名單公佈於官網

獎項：

紅利金 200元 10名

《小女官大主意》全三冊 2名

《劍邪求愛》【洞房不寧之二】全一冊 3名

★ 線上書展 購書注意事項：

(1)請於訂購後**三日內**完成付款，最後訂購於**2021/8/31**前完成付款才算有效訂單喔！

(2)購書滿千元(含)以上免郵資。未滿千元部分：

郵資65元(2本以下郵資50元)／超商取貨70元(限7本以內)／宅配100元。

(3)特賣書籍因出書時間較久，雖經擦拭、整理，仍有褪色或整飾痕跡，故難免不如新書亮麗。除缺頁、倒裝外無法換書，因實在無書可換，但一定會優先提供書況較良好的書給大家。若有個人原因需要換書，需自付來回郵資。

(4)各書籍庫存不一，若遇缺書情形可選擇換書或退款。

(5)歡迎海外讀者參與(郵資另計)，請上網訂購或是mail至love小姐信箱(love@doghouse.com.tw)詢問相關訊息。

狗屋有權修改優惠活動的實施權益及辦法。

文創風 985

劍邪求愛

國家圖書館出版品預行編目資料

劍邪求愛 / 莫顏著. --
初版. -- 臺北市 : 狗屋出版社有限公司, 2021.08
冊 ; 公分. -- (文創風 ; 985) (洞房不寧 ; 2)
ISBN 978-986-509-242-9 (平裝). --

863.57　　　　110011126

著作者　莫顏
編輯　王冠之
校對　陳依伶
發行所　狗屋出版社有限公司
地址　台北市104中山區龍江路71巷15號1樓
電話　02-2776-5889～0
發行字號　局版台業字845號
法律顧問　蕭雄淋律師
總經銷　知遠文化事業有限公司
電話　02-2664-8800
初版　2021年8月
國際書碼　ISBN-13　978-986-509-242-9

定價270元
狗屋劃撥帳號：19001626
網址：love.doghouse.com.tw　E-mail：love@doghouse.com.tw